魔《ま》女《じょ》ラグになれた夏

蓼内明子

PHP

幼稚園《ようちえん》を卒園してから、もう五年以上もたつのに、まだくり返し思い出す。

それは、いつも決まってねむくならない夜だった。まぶたを開けたまま布団《ふとん》の中でじっとしていると、いつの間にか必ず、あのシーンが現《あらわ》れる。

「魔女《まじょ》ラグだ。それ、ちょうだい」

同時に、わたしの手から離《はな》れていくキーホルダー。

そこまで思い出すと、次におとずれる灰色《はいいろ》のしめった気持ちをふり落とすため、わたしはかたく目をつぶり　まくらにギュッと顔をおしつけた。

1　リズムとバランス

わたしたち三人姉妹《しまい》は、全員、オリンピックの年に生まれた。

現在《げんざい》大学二年生の長女、光希《みつき》ちゃんは二〇〇〇年のシドニーオリンピックの年。高校一年生の次女、富美《とみ》ちゃんは二〇〇四年のアテネオリンピックの年。そして小学六年生のわたし、岬《みさき》は二〇〇八年の北京《ペキン》オリンピックの年だ。

光希《みつき》ちゃんは八歳《さい》年上。だからわたしには、ランドセル姿《すがた》の光希《みつき》ちゃんの記憶《きおく》はない。覚えているのは、中学校の制服《せいふく》を着た光希《みつき》ちゃんからで、仕事でいそがしい両親にかわって、いつも末っ子のわたしのめんどうをみてくれた。わたしが小学校に入学するとき、持ち物すべてに「たなやまみさき」って書いてくれたのも、光希《みつき》ちゃんだった。

光希《みつき》ちゃんを「お姉《ねえ》ちゃん」って呼《よ》んだから、富美《とみ》ちゃんのことは、名前で呼《よ》んだ。そして富美《とみ》ちゃんからは、いつもよくおこられた。例えば、ぬり絵。気ままに色をぬっていると、横からペシッと頭をたたかれた。「ちがう。まずクレヨンでふちどりして、はじっこからぬる！」どうしてそんなにおこられちゃうのか、わからなかった。

富美《とみ》ちゃんは、わたしにいたずらするのも好きだった。夜、トイレに入っていると、とつぜんプツッとあかりが消えた。暗やみは恐怖《きょうふ》だ。「ほ～ら、かべから青い目が～」富美《とみ》ちゃんの声だってわかっていても、わたしは泣きべそをかきながら、すぐさま外に逃《に》げ出した。

でも、家でいっしょに遊ぶのは、いつも四歳《さい》年上の富美《とみ》ちゃんだった。

幼稚園《ようちえん》に通っていたころのある日。

わたしは小学三年生だった富美《とみ》ちゃんから、こう命令された。

「今日《きょう》から、あてねちゃんって呼《よ》んで」

「なぜ?」って聞いたら、「アテネオリンピックの年に生まれたからに決まってんじゃん」とにらまれた。

決まってるのか。

「あてねちゃん」

わたしが呼《よ》ぶと、富美《とみ》ちゃんはふっくらしたほっぺたをもち上げるように笑い、気どった声で「はぁい」と答えた。

「もう一回」

「あてねちゃん」

どこか別の世界でも見ているような目をしてから、富美《とみ》ちゃんはまた「はぁい」と答えた。

(お願いだから、わたしのことは『ぺきんちゃん』って呼《よ》ばないで)

でもそんな心配は無用だった。富美《とみ》ちゃんは、自分があてねちゃんになりきることに夢中《むちゅう》だった。十回ほど「あてねちゃん」「はぁい」をくり返すと、当時お気に入りだった黒いスカートをひらりとひるがえして、あてねちゃんは部屋《へや》を出ていった。

わたしたち二人《ふたり》の新しいやりとりに、家族はクスクス笑った。たぶん、なにかの遊びだと思っていたにちがいない。でもいつの間にかそれが当たり前のことになり、六年生になる今日《きょう》まで、わたしはずっとその命令を守っている。

二〇二〇年、東京オリンピックの夏がきた。

わたしが住む北の街、青森市にも、その熱の高まりは、テレビを通して毎日のように伝わってきていた。しかもオリンピックの期間は、この街最大の夏祭り『ねぶた』の開催《かいさい》と重なる。そのせいだろうか。あちこちで流れはじめたねぶた囃子《ばやし》は、いつも以上に背中《せなか》をソワソワさせた。

「ただいま！　やっぱりこっちは涼《すず》しいね」

七月の中旬《ちゅうじゅん》、仙台《せんだい》の大学に通っているお姉《ねえ》ちゃんが帰ってきた。

半年ぶりに見るお姉《ねえ》ちゃんは、長くなった髪《かみ》にゆるくカールがかかり、くちびるがツヤツヤして、前よりずっと大人《おとな》っぽくなっていた。

「おかえりなさい」

久《ひさ》しぶりに会うとわたしは、ちょっと照れくさくて、しばらくお姉《ねえ》ちゃんに近づけない。

あてねちゃんは、すぐに寄《よ》っていって、お姉《ねえ》ちゃんの顔をのぞきこんだ。

「光希《みつき》ちゃん、そのグロスいいね。どこの？」

「ただのリップクリームだよ」って言うお姉《ねえ》ちゃんに、「ほんと？　ちょっと使わせて」ってしつこくねだってる。ストレートパーマをかけたツヤツヤのあてねちゃんの髪《かみ》が、体の動きに合わせてサラサラゆれる。

あ、新発見。

あてねちゃんの背《せ》が、ほんの少しお姉《ねえ》ちゃんをおいこしていた。

家族五人がそろうと、夕ごはんのテーブルはいつもよりにぎやかになる。大きなお皿にのったからあげ、イカの刺身《さしみ》、野菜の煮物《にもの》、ポテトサラダ。

お父《とう》さんのテンションも一気に上がる。

「明日《あした》からは、光希《みつき》が店を手伝《てつだ》ってくれるから、母《かあ》さんも少し楽ができるな」

お酒がまわった赤い顔で、お母《かあ》さんの背中《せなか》をポンとたたく。

「そうね。あらお父《とう》さん、もうそれ三杯《ばい》目よ。飲み過《す》ぎじゃない？」

「うんうん、わかってるって」

うちは、市街地から車で十分くらいの地区にある商店街で、タナヤマストアという小さなスーパーをやっている。やとっている店員さんは、わたしが生まれたころからいる六十五歳《さい》のおばさん、亀山《かめやま》さんと、ときどき入れかわるパートさんだけ。月に一度の休み以外、お父《とう》さんとお母《かあ》さんはほとんど店に出ている。

「おとといの商店会の飲み会で、今度のオリンピックの話題になってな。そしたら会長の下山《しもやま》さんがさ」

あ、またいつものやつが始まった。

「はいはい。テレビのオリンピック中継《ちゅうけい》より、わたしの大きなおなかを見てるほうが、ああオリンピックだなぁって実感したって話でしょ」

お母《かあ》さんが、湯気のたったごはんを口に放りこみながらうなずいた。

イカの刺身《さしみ》をていねいにごはんの上にのせていたお姉《ねえ》ちゃんが、質問《しつもん》した。

「前にも聞いたっけ？　わたしたち全員、オリンピック年生まれなのって、計画的なの？」

すぐに「ぐうぜんよ」と答えたお母《かあ》さんの声に、お父《とう》さんの「もちろんだ」が重なった。

「だって、四年ごとに生まれるなんて、四拍子《びょうし》みたいでリズムがいいじゃないか」

『四拍子《びょうし》』って言葉に力をこめ、お父《とう》さんは背筋《せすじ》をのばして胸《むね》をはった。若《わか》いころ、ちょっとだけギターをひいていたらしいお父《とう》さんは、ときどきチョロッと音楽用語を口にする。

そのときクスッと鼻で笑いながら、「だったら三年ごとの三拍子《びょうし》だって同じだよね」って声が聞こえた。さっきからだまったままごはんを食べていた、あてねちゃんだった。

聞こえないふりをして、お父《とう》さんは続けた。

「それに、次の子どもが生まれるまでの年数がみんな同じっていうのは、バランスもいい。愛情《あいじょう》を注ぐ時間にかたよりがないだろ」

そしてまたおいしそうに、クイッとお酒をのどに流しこんだ。

お姉《ねえ》ちゃんが「ん?」っと首をかしげた。

「お父《とう》さん、それちょっとちがうかも。例えば、両親二人《ふたり》から受ける一年分の愛情《あいじょう》を一〇〇とするでしょ。わたしが生まれて四歳《さい》までの合計は四〇〇。富美《とみ》ちゃんが生まれると、一人《ひとり》当たり半分の五〇になるから、わたしが八歳《さい》までで合計六〇〇、富美《とみ》ちゃんが四歳《さい》まででで二〇〇。そして岬《みさき》ちゃんが生まれると三分の一になるから、約三三。ってことは……」

お姉《ねえ》ちゃんは、テーブルの上に指で数字を書きながら、サクサク計算していった。

ポカンとして聞いていたら、からあげをほおばりながらあてねちゃんが言った。

「悪いけど、それもちがうな。一人《ひとり》目の子どもってのはとにかく無条件《むじょうけん》にかわいい。二人《ふたり》目はそーでもない。三人目は、末っ子っていうだけでなんかかわいい。愛《あい》情《じょう》ってさ、かたよるもんなんだよ」

みんながいっしゅん、口を閉《と》じた。

テレビの野球中継《ちゅうけい》の音が急にさわがしくなって、だれかが特大のホームランを打ったっていうのがわかった。

そんな空気を無視《むし》するように、あてねちゃんはお姉《ねえ》ちゃんに話しかけた。

「ねえ光希《みつき》ちゃん、仙台《せんだい》に、アースソングエコのお店があるみたいなんだけどさ、行ったことある?」

「え……、それって洋服のブランド? 聞いたことないな、わたし」

「なーんだ、がっかり」

そう言いながら、あてねちゃんはまた、からあげのお皿にお箸《はし》をのばした。

「富美《とみ》、からあげばっかり食べるな」

低いけど、とがったお父《とう》さんの声だった。

「いつも言ってるだろ、三角食べ。ま、これもリズムとバランスだな」

わが家のごはんの食べ方には、ふたつの決まりがある。ひとつ目は、すべてのお料理を少しずつ順番に食べる『三角食べ』。そしてもうひとつは、大皿に盛《も》られたおかずの一人《ひとり》分を、自分量で見極《みきわ》めること。例えば、こんもり盛《も》られたポテトサラダだったら、丸いケーキを五等分するイメージで自分のお皿に取り分ける。飲み会で、ひとつのお皿を数人でつまむシーンの多いお父《とう》さんが言うには、それが『社会人のたしなみ』なのらしい。

「あのさ」

テーブルに置いたあてねちゃんのお箸《はし》が、パチンと大きな音を出した。

「リズムとかバランスとかって、お父《とう》さんのこだわりなんだろうけど。でもそれ、ちょっとズレたところ、あるよね」

「どういうことだ」

わたしは口の中のイカをかむのをやめた。

「へんなものにこだわってるから、かえってバランスが悪い」

「へんなもの？」

まゆ毛の間に深いシワをよせて、お父《とう》さんは「なにが言いたいんだ？」って声を荒《あら》くした。

あてねちゃんは、小さくハァと息をもらした。わたしは息を止めた。言葉を探《さが》してるんじゃない。そこまで出かかった言葉を、言うか言わないか迷《まよ》ってるんだ。

「もう十六年もたってるから、今さらって感じなんだけど……。あたしたちの名前つけたの、お父《とう》さんだよね？」

「そうだ」

「三人の名前を比《くら》べてみてよ。リズムもバランスもぐっちゃぐちゃじゃん。みつき、とみ、みさき。まず、あたしだけ二文字でリズム狂《くる》ってるよね。漢字の文字数でいえば、岬《みさき》ちゃんだけ一文字でアンバランスだし。でも一番ひどいのは、あたしの名前だけ古くさいってこと。『とみ』だなんて、おかしくない？　時代の流れに逆行《ぎゃっこう》してるよね？」

あてねちゃんの声は、落ち着いていたけど熱かった。

「小学校に入って、新しい先生になるたび、必ず『ふみさん』って呼《よ》ばれた。ちがいます、とみですって訂正《ていせい》すると、いつもあらっ？　て顔をされた。なかにはね、『今どき、めずらしいわね』なんて鼻で笑う先生だっていたんだから。そりゃそうだよ。はやりのキラキラネームに交じって、一人《ひとり》だけおばあさんみたいなんだもん」

お父《とう》さんはピクリとも動かずに、あてねちゃんの顔を見ていた。

「こんな想《おも》いをしたのって、二人の中であたしだけでしょ？　この名前に、どんなこだわりがあるのか知らないけど、こういうの、ちょっと不公平だよね？」

いっしゅん、あてねちゃんの声が大きくなった。

「バランス悪過《す》ぎ。最悪。子どもにこんなきゅうくつな想《おも》いまでさせて、こんな気持ちでいることにも気づかないで。お父《とう》さんのこだわりって、いったいなに？」

「富美《とみ》、もうやめなさい」

お母《かあ》さんが口をはさむと、「しかたないか、二番目だからね」って、あてねちゃんはお母《かあ》さんにも冷めた視線《しせん》を向けた。

「言いたいことはそれだけか」

あてねちゃんの顔は、まだなにか言いたそうに見えた。でも、テレビが野球中継《ちゅうけい》からニュースに変わったとたん、スッと立ち上がった。

「もういい。ごちそうさま」

お風呂《ふろ》上がりのあてねちゃんからは、いつもバニラみたいなにおいがする。あまい香りが鼻先をかすめ、数秒後、それは階段《かいだん》をかけ上がる乱暴《らんぼう》な足音に変わった。

出てきた言葉は、どれもみんなヒリヒリ痛《いた》かった。

「半年ぶりの家族五人の夕食だったのに、途中《とちゅう》で消えた花火みたいになっちゃったね」

流しで、泡《あわ》のたったスポンジを動かしながらお姉《ねえ》ちゃんがつぶやいた。わたしは、残ったおかずにラップをかけていた。

「富美《とみ》ちゃんは、最近、ちゃんと食器洗《しょっきあら》いしてる？」

「んと……三日に一度はサボる、かな」

「しょうがないなぁ」

お姉《ねえ》ちゃんは苦笑いしながら、ハァと大きくため息をもらした。

夕ごはんのあとも伝票の整理が残っているお母《かあ》さんのために、夜の食器洗《しょっきあら》いは子どもたちが二人《ふたり》ひと組でやることにしよう。わたしが三年生になったとき、そう決めたのはお姉《ねえ》ちゃんだった。A班《エーはん》がお姉《ねえ》ちゃんとあてねちゃん、B班《ビーはん》がお姉《ねえ》ちゃんとわたし、C班《シーはん》があてねちゃんとわたし。お姉《ねえ》ちゃんが大学に入《はい》るまでは、毎晩《まいばん》この三班《ばん》のローテーションでやった。

二年前の春、お姉《ねえ》ちゃんが仙台《せんだい》へ行ってしまった日の夜、あてねちゃんはけだるそうにつぶやいた。

「今夜からは、もうずっとC班《シーはん》か」

お姉《ねえ》ちゃんがいなくなった空間は大きくて、あてねちゃんの足元が、どこかグラグラして見えるようになったのは、ちょうどそのころからだったかもしれない。


次の日の日曜日、あてねちゃんは朝ごはんの時間になっても起きてこなかった。

平日の朝、両親は市場に仕入れに行っていないから、朝ごはんは子どもだけで食べる。二人《ふたり》が帰ってくるのは、ちょうどわたしたちが学校へ行くころだ。だからせめて、日曜日の朝ごはんは、みんないっしょに食べることになっていた。

「今朝《けさ》は、光希《みつき》が焼いてくれたのよ」

お母《かあ》さんが卵焼《たまごや》きのお皿をテーブルに置くと、すぐにお姉《ねえ》ちゃんが言いわけみたいにつぶやいた。

「富美《とみ》ちゃんみたいには、できなかった」

卵焼《たまごや》きは、あてねちゃんの係だった。八個《こ》の卵《たまご》をボウルにわり入れ、かなりの量のお砂糖《さとう》と、ほんの少しおしょうゆも垂《た》らす。煙《けむり》がたつくらいまで熱くなったフライパンに、卵《たまご》の液《えき》を流しながら、クルンクルンと手ぎわよくひっくり返し、五分くらいでパパッと焼き上げる。

「五人なのに卵《たまご》が八個《こ》とはねぇ」

「わたしには、あんなにお砂糖《さとう》入れる勇気、とてもない」

お母《かあ》さんとお姉《ねえ》ちゃんは、太巻《ふとま》きのようにボリュームのあるできあがりをながめて、よくそう口をそろえた。そして「でも、おいしいのよね」と笑う。トロッとしたやわらかさと、あのあまじょっぱさ。あてねちゃんの卵焼《たまごや》きは、「おいしけりゃ、いいじゃん」って、舌《した》をあまやかしている味だった。

「富美《とみ》のことは放っておけ。食べよう」

お父《とう》さんは静かに言って、おみそ汁《しる》に口をつけた。

お父《とう》さんのお箸《はし》は、いつもまず一番に、あてねちゃんの卵焼《たまごや》きにのびる。そしてひと口かじると、なにかを確認《かくにん》したみたいに必ず「うん」って小さく声をもらす。

さっき、あの長くて黒いお箸《はし》は、探《さが》し物でもしているみたいに、テーブルの上をウロウロしていた。でも結局、おみそ汁《しる》のおわんに着陸し、浮《う》かんだワカメをのろのろかき交ぜた。

2 わたしたちの契約《けいやく》

朝ごはんが終わっても、まだあてねちゃんは起きてこなかった。

十時を過《す》ぎたあたりから気温が上がり、どんどんむし暑くなった。でも、いつまでたってもあてねちゃんの部屋《へや》のドアは閉《し》まったままで、「お昼のそうめんがゆで上がったよ」ってノックしたときには、いなかった。あてねちゃんは、消えるのもうまい。

日曜日の昼下がりのスーパーは、ひまだ。お父《とう》さんとお母《かあ》さんはお昼の休けい中で、お姉《ねえ》ちゃんは台所で、お昼ごはんのあとかたづけをしていた。店をのぞいたら、いるのは亀山《かめやま》さん一人《ひとり》。ペットボトルのおしょうゆに、ハンドラベラーっていう道具をカチャカチャいわせて、値段《ねだん》シールをつけているところだった。

わたしは足音をたてずにアイスの冷凍庫《れいとうこ》に近づいた。静かに扉《とびら》を開けて、一番値段《ねだん》の高いカップアイスを一個《こ》取り、すばやく準備《じゅんび》していた小型《こがた》のクーラーボックスに放りこんだ。

「いってきまーす」

早足で店の入り口から出ていくと、「いってこいへ〜、きぃつけで〜」と亀山《かめやま》さんののんびりした声が、うしろから返ってきた。

向かう先は、五軒《けん》となりの杉崎《すぎさき》バイク店。幼《おさな》なじみで同じクラスの男子、要《かなめ》の家だ。

「こんにちは」

一歩入ると、いつものオイルのにおいがツンと鼻をついた。所せましとならんだバイクが、今日《きょう》も同じ角度で首をかしげてこっちを見ている。

「おじさん、要《かなめ》、いる?」

首から白いタオルをぶらさげて、黒くていかついバイクのわきにしゃがんでいた要《かなめ》のお父《とう》さんは、顔を上げるとひとこと、「ああ、裏《うら》にいる」って答えた。

「ありがと、おじゃましまーす」

幼過《おさなす》ぎて記憶《きおく》にないけれど、おじさんとわたしは、わたしがまだ三輪車を乗りまわしていたころからの仲らしい。
三、四歳《さい》だったわたしは、商店街が車両通行止めの時間帯になると、決まって三輪車に乗って通りに出た。でもおさがりの三輪車は、いつもどこかがキイキイ悲鳴を上げていて、この店の前を通るたび、必ずおじさんに呼《よ》び止められた。
「ちょっと待て」

「またか」というように、しぶしぶ三輪車から降《お》りるわたし。手早くあちこちに油をさしたおじさんは、最後に必ず、ウエスという布《ぬの》きれで余分《よぶん》な油をふき取った。わたしは、早く終わらないかなという表情《ひょうじょう》をしながら、そんなおじさんの手もとをじっと見ていたのだという。

「そのうちに岬《みさき》ちゃんはさ、おれが油をさし終わると、近くにあるウエスを、サッと手渡《てわた》すようになったんだよ」

商店会の飲み会で、まるで宝物《たからもの》でも披露《ひろう》するようにおじさんが話していたと、お父《とう》さんから聞いたのは、つい最近のことだった。

バイク店の奥《おく》のドアを開けて、部品がならんだ倉庫の棚《たな》の間を歩いていくと、小さな裏庭《うらにわ》に出る。そこにあるのは、赤いレンガで形作った花だんと、畳《たたみ》二畳《じょう》ほどの屋根つきの木製《もくせい》テラスだった。

春にニスをぬりかえたテラスの屋根が、光を反射《はんしゃ》して白っぽく輝《かがや》いていた。

「また来たか」

いつものようにテラスにしゃがんでいた要《かなめ》が、動かす手を止めずに言った。

「また来たよ」

わたしは花だんに近づいて、黄色とオレンジ色のナスタチウムたちに言った。

ここに花を植えているのは、バイク店のとなりで、サロン・ド・スギという美容室《びようしつ》をやっている要《かなめ》のお母《かあ》さん。無口なおじさんとは対照的に、カットやパーマをする間じゅう、ずっと鏡の中のお客さんと、おしゃべりしているような人だ。

この庭に初めて来たのは、小学校二年生の夏休みだった。ある日、うちのスーパーの前でしゃがんでいると、アイスを買いに来た要《かなめ》がそばに立っていて、わたしに話しかけた。

「なにしてんの？」

「アリの観察」

「なんで？」

「夏休みの自由研究」

見上げると、要《かなめ》は買ったばかりの棒《ぼう》つきチョコアイスを袋《ふくろ》から出し、もうペロペロなめていた。

「おれ、自由研究じゃなく工作にした。もう終わった」

得意《とくい》げな顔だった。さては親に手伝《てつだ》ってもらったなって思って、また視線《しせん》を地面にもどすと……。

「あれっ？　あれあれっ？」

アリはどこかに消えていた。自由研究の題材にこまりはて、ぐうぜん店の前で見つけた一匹《ぴき》のアリに、しょうがないからもうこれにしちゃうか、と決めたのがつい五分前。早くもその決断《けつだん》がゆらぎそうで、泣きたくなった。

「うちんち、来る？」

要《かなめ》の声で、顔を上げた。

「そんなのうちの庭、いっぱいいるし」

そう言った口のまわりが、チョコで茶色になっていた。

ここの商店街の子どもで、同学年なのは要《かなめ》だけだったけど、男の子だったから、いっしょに遊んだことなんてほとんどなかった。わたしは要《かなめ》のあとにくっついて、初めてこの庭に足をふみ入れた。バイクがならんだ店の奥《おく》に、こんな場所があることにおどろき、色とりどりの花に心をうばわれた。

わたしはハッと気がついた。あちこち動いてばかりのアリよりも、動かない植物観察のほうが、百倍楽なんじゃないか？

すぐさま自由研究を『夏の植物観察』に変更《へんこう》したわたしは、その日から、毎日ここに通うようになった、というわけだ。

わたしはしゃがんで、しおれた花を探《さが》した。おばさんから、「岬《みさき》ちゃんも、花がらつみ、しといてね」ってお願いされている。

「岬《みさき》、ちょっと手伝《てつだ》って」

要《かなめ》がわたしを呼《よ》んだ。

要《かなめ》がいじっているのは、長さ一メートルにも満たないポケットバイク、通称《つうしょう》ポケバイだ。運転免許《めんきょ》が必要ないこのバイクに、要《かなめ》が興味《きょうみ》を示《しめ》したのは四歳《さい》のころ。でも、ねだる要《かなめ》にやっとおじさんの許可《きょか》が出たのは、小学生になってからのことだった。それからはずっと、真冬以外の土曜日は、街はずれにあるカートコースで練習をしたり、レースに出たりしている。

「こんな感じで、おさえててよ」

言われるままに、わたしはメタリックブルーの車体を手で支《ささ》えた。

要《かなめ》は白くて四角いスポンジみたいなもので、車体の左側をていねいにこすりはじめた。

「ころんだんだ？」

「ころんでない」

「でもこれ、キズだよね？」

「ふーん」

ごまかしたな。最近、急に口数が減《へ》って、やたら「ふーん」が多くなった。前にそれを指摘《してき》したら、「いつまでも子どもやってられねーからな」って、わけのわからない答えが返ってきて、おおいにウケた。それはたぶん、ポケバイのレース場で知り合いになった『めちゃくちゃコーナリングがうまいシュウマ君』っていう、二歳《さい》年上の中学生の影響《えいきょう》だとにらんでいる。最近の要《かなめ》の頭の中は、八〇パーセントがポケバイのことだ。

「岬《みさき》、もうちょっとだけかたむけて」

おでこに浮《う》かんだ汗《あせ》が、ひとすじツーッとほっぺたに流れ落ちた。要《かなめ》は、しゃべっていても、ちっとも手もとが乱《みだ》れない。

「今日《きょう》のアイス、なに味？」

「ピスタチオ」

「ふーん」

うれしいんだな。だってこの前、同じの持ってきたら、子どもみたいに「うめ〜、うめ〜」って食べてたもんね。

「よし、できた。サンキュー」

わたしは車体の重さを要《かなめ》にあずけてから、そっと手を離《はな》した。

庭のすみの水道で手を洗《あら》った要《かなめ》は、テラスのベンチに深くこしかけ、アイスのふたを開けた。

「いっただきまーす」

ひと口食べるところを見とどけて、わたしはさっそく口を開いた。

「昨日《きのう》、仙台《せんだい》からお姉《ねえ》ちゃんが帰ってきたの。でも夕ごはんのときにね、あてねちゃんとお父《とう》さん、ケンカになった。いや、ケンカじゃないな。あてねちゃんが、思ってることを一方的にぶちまけた」

要《かなめ》は休みなく、プラスチックのスプーンを口に運ぶ。

「あてねちゃんが言うには、お父《とう》さんはへんなものにこだわってるんだって。それはどうやら名前のことでね……」

動画を再生《さいせい》するみたいに、昨夜のあてねちゃんの言葉がスルスル口から飛び出す。

「新しい先生になるたび、必ず『ふみさん』って呼《よ》ばれた。とみですって訂正《ていせい》すると、いつもあらっ？　て顔をされた。『今どき、めずらしいわね』なんて言う先生だっていたんだから。そうだよね、だってはやりのキラキラネームに交じって、一人《ひとり》だけおばあさんみたいなんだもん」

言いながら、思い出していた。

あてねちゃんが自分の名前に文句《もんく》を言ったのは、昨日《きのう》が初めてじゃない。ずっと前にも、同じようなことがあった。「今日《きょう》から、あてねちゃんって呼《よ》んで」って命令されたのは、確《たし》かそのすぐあとだ。

「こんな想《おも》いをしたのって、三人の中で、あたしだけ。こういうの、ちょっと不公平だよね。バランス悪過《す》ぎでしょ？　子どもにこんなきゅうくつな想《おも》いまでさせて、お父《とう》さんのこだわりっていったいなに？」

スプーンをくわえたままの要《かなめ》が即座《そくざ》に答えた。

「わかりません」

力がぬけた。

「だからさぁ。要《かなめ》は、なんも答えなくっていいんだってば」

背中《せなか》とT《ティー》シャツのすきまを、ツーッとひとすじ、汗《あせ》が流れ落ちた。要《かなめ》が茶々を入れてきたってことは、たぶんまた興奮《こうふん》して声が大きくなっちゃってたんだ。

わたしが持ってきたアイスを食べている間、要《かなめ》はだまってわたしの話を聞く。これをわたしたちは、『契約《けいやく》』と呼《よ》んでいた。

「あてねちゃんとお父《とう》さんのカクシツが決定的になったのは、やっぱり春の高校受験だったんだろうな。カクシツってわかる？」

要《かなめ》はだまったまま首を横にふった。

「仲が悪いってこと。あてねちゃんは担任《たんにん》の先生の忠告《ちゅうこく》も無視《むし》して、お姉《ねえ》ちゃんと同じ県立白神《しらかみ》高校を受験した。でも不合格《ふごうかく》だった。だけどあてねちゃんは平然としてた。滑《すべ》り止めに受けて合格《ごうかく》してた、私立《しりつ》の青華《せいか》学園の英語科にも魅力《みりょく》を感じていたから。あそこの制服《せいふく》も気に入っていたしね」

白神《しらかみ》高校は、県でも一、二を争う進学校だ。お姉《ねえ》ちゃんは毎晩《まいばん》おそくまで勉強し、合格《ごうかく》を果たした。わたしはまだ一年生だったけど、妹として、鼻が高い気持ちになったことを覚えている。

　あてねちゃんの場合は、中学三年生になっても、行動のパターンが変わらなかった。入っていたバレー部は、夏の大会が終わって引退《いんたい》したらしいけど、毎日帰ってくる時間はおそくて、休日もあまり家にいなかった。やっと変化が見られるようになったのは去年の秋ごろから。白神《しらかみ》高校を受けるって決めてから、あまり出かけなくはなったけど、いつも不機嫌《ふきげん》でピリピリしていた。

　わたし、今年《ことし》の一月、冬休みで帰ってきていたお姉《ねえ》ちゃんが、お母《かあ》さんに小声で話しているのを聞いたことがあった。「富美《とみ》ちゃん、英語の成績《せいせき》だけはバッチリなのよね。はっきり言わないけど、一番行きたいのは、青華《せいか》学園の英語科なんじゃないかな。あそこには外国人の先生もたくさんいるし、留学《りゅうがく》の制度《せいど》もあるらしいから」そう言うと、お母《かあ》さんは大きくため息をついて、「でも、お父《とう》さんがねぇ」と小さくつぶやいた。

　そして二月、滑《すべ》り止めの青華《せいか》学園から合格《ごうかく》をもらったあてねちゃんの糸は、プツンと切れた。三月初めの白神《しらかみ》高校受験の日は、さすがに少しは緊張《きんちょう》していたけど、帰宅《きたく》後、お母《かあ》さんの「どうだった？」っていう質問《しつもん》に、「ダメだった」って即答《そくとう》した表情《ひょうじょう》は、晴れ晴れとしたものだった。きっとあてねちゃんは、そのとき思っていたにちがいない。ああ、これで青華《せいか》学園の英語科に通えるんだって。

でも、そううまくはいかなかった。

「白神《しらかみ》高校の不合格《ふごうかく》がわかるとすぐ、お父《とう》さんは担任《たんにん》の先生に相談に行った。そして帰ってくるなり、県立の津森《つもり》高校の二次募集《ぼしゅう》を受けろと言った。もちろんあてねちゃんは抵抗《ていこう》した。それでもお父《とう》さんは受けろと言った。あのやりとりがあった三日間は、今、思い出しても心が重くなるよ。とうとう最後に、しぶしぶ従《したが》ったあてねちゃんは、津森《つもり》高校に合格《ごうかく》し、入学した。学校は遠いし、制服《せいふく》は気に入らないし、仲のよかった友だちとは離《はな》れちゃったし。あてねちゃん、ちっとも楽しそうじゃない。わたし、いつかは昨日《きのう》みたいなことが起こる気がしてた」

そこまでしゃべり終えると、要《かなめ》がのんきな声を出した。

「ごちそうさま。ハア～、うまかった」

もう食べたのか。早過《す》ぎるよ、あんた。

「帰る。じゃあね」

ベンチから立ち上がってテラスを下りると、うしろから要《かなめ》が言った。

「あのさぁ」

「ん？」

「ほんとにおれ、聞いてるだけでいいのか？」

「いい。そういう契約《けいやく》だし」

わたしは花だんのナスタチウムに向かって、

「またね、バイバイ」と手をふった。

3
違和《いわ》感

あてねちゃんは夕方になると、部屋《へや》にもどっていた。でも夕ごはんの時間に呼《よ》びに行ったら、「おなか痛《いた》いから、ごはんはいらない」って寝《ね》ていた。あてねちゃんの『おなか痛《いた》い』は、生理痛《せいりつう》の意味だ。実際《じっさい》、あてねちゃんの生理痛《せいりつう》はひどいらしくて、機嫌《きげん》まで悪くなる。わたしには、生理はまだない。毎月、エビのように背中《せなか》を丸めて横たわり、悪魔《あくま》にたたられたように表情《ひょうじょう》をゆがめるあてねちゃんを見ていると、自分にもいつかその日が来ることは、なるべく考えないようにしている。

「富美《とみ》、おなかが痛《いた》くてごはんは無理みたい。しょうがないわね」

お母《かあ》さんが言うと、お父《とう》さんはだまって聞いていた。わたしは少し、ほっとした。

次の日の朝になっても、あてねちゃんはつらそうだった。

「学校、行ける？」

お姉《ねえ》ちゃんが聞くと、鎮痛剤《ちんつうざい》を飲んでから「行く」って答えた。おなかが痛《いた》いのに急いでいるのは、仕入れから帰ってくるお父《とう》さんと顔を合わせたくないからだと思った。

その日の夕ごはんも、あてねちゃんは下りてこなかった。

「学校には行けたのに、なんで夕めしは食べられないんだ？」

お父《とう》さんが顔色を変えると、お姉《ねえ》ちゃんがあわてて説明した。

「学校にはね、鎮痛剤《ちんつうざい》を飲んでがんばって行ったの。でも、あまり薬を飲み過《す》ぎてもよくないし、とりあえず寝《ね》てて体が楽ならそうしたらって、わたしが言ったの」

するとお父《とう》さんは「そうか。男にはわからないことだからな」って言って、あきらめたような顔をした。

火曜日の朝、あてねちゃんの体調はだいぶ回復《かいふく》していた。そうなると、いよいよ今夜の夕ごはんが心配だった。さすがに三日続けてだと、お父《とう》さんがだまっていない気がした。

そんな心配をしていたその日の夕方、店にいたお姉《ねえ》ちゃんから、大きな声で呼《よ》ばれた。

「岬《みさき》ちゃーん、お肉売り場、手伝《てつだ》ってーっ。ひき肉のパックが売り切れちゃったのー」

「わかったー」

手を洗《あら》ったわたしは、精肉用《せいにくよう》の白衣を着て肉売り場へ行った。同じ白衣を着たお父《とう》さんが、ミートチョッパーという機械から出てくるひき肉を、白いトレーに入れているところだった。

「岬《みさき》、そこのトレー、ラップして」

「うん」

トレーにラップをかけながら、チラッチラッとミートチョッパーを見る。上の口に放りこんだかたまりの豚肉《ぶたにく》が、小さな穴《あな》がいっぱい開いた横の口から、細かくなって出てくる。

「このウニョウニョ出てくるひき肉って、なんか、不思議な生き物みたいだよね」

お父《とう》さんがクスッと笑った。

「岬《みさき》は、なんでもよく観察するよなぁ」

あ、いい笑顔《えがお》。もしかしてお父《とう》さん、そんなに機嫌《きげん》悪くない？　あてねちゃんとのことがあった夜から、ずっと口数が少なかったから、まだおこってるんだって思ってた。

わたしはあわてて答えた。

「だって、なんかおもしろい。あとね、冷凍《れいとう》のマトンを切ってるとこも、つい見ちゃう」

丸くて薄《うす》い刃《は》が回転しながら肉を切るスライサーは、うっかり手を近づけたりしたらと思うとゾッとする。でもどうしても見ずにはいられない。

「切るときの、あのシュリンシュリンっていう音が好き」

「いやいや、あれは歯が浮《う》く感じでいやな音だろ？」

「そんなことないよ。氷の上のスケートぐつのエッジって、きっとあんな音だと思う」

「スケート？　そうかぁ？　そうかなぁ」

お父《とう》さんは想像《そうぞう》をめぐらせている顔をした。

よし。いい感じ、いい感じ。

わたしは店の手伝《てつだ》いをしているときの、こういう時間が好きだった。お父《とう》さんは、わたしが話すためのすきまを作ってくれて、わたしの言葉ひとつひとつに、ちゃんと耳をかたむけた。

手を動かしながら、もっと話題がないかと考えていたら、だれかが寄《よ》ってきた。

「親子仲よくて、うらやましいなぁ」

商店会会長の、下山《しもやま》薬局のおじさんだった。

「棚《たな》ちゃん。提灯《ちょうちん》飾《かざ》りのことで相談あるんだばって、今夜、わんつか時間あるがな？」

「あ、いいですよ。八時でいいですか？」

「悪いね。じゃ、『けやぐ』に集合ってことで。岬《みさき》ちゃんはいっつも手伝《てつだ》って、えらいなぁ。へばな〜」

下山《しもやま》さんは大きな体をゆらしながら、帰っていった。『けやぐ』はこの商店街の居《い》酒屋《ざかや》さんだから、今のは飲み会の誘《さそ》い。つまりお父《とう》さんは、今夜の夕ごはんはパス。

わたしはとりあえず胸《むね》をなでおろした。

「おなかすいたぁ」

お父《とう》さんが出かけたことを知ると、あてねちゃんはさっそく一階に下りてきた。

「今夜は焼きそばにしようと思って」

お姉《ねえ》ちゃんが麺《めん》とキャベツと豚肉《ぶたにく》をかかえて、台所に入ってきた。それを見たあてねちゃんは、髪《かみ》ゴムで長い髪《かみ》をたばねながら、「岬《みさき》ちゃん、お店からもやし一袋《ふくろ》持ってきて」ってわたしに命令した。キャベツと豚肉《ぶたにく》を手早く切り、もやしを洗《あら》って、一番大きなフライパンをあたためた。見ていたお母《かあ》さんとお姉《ねえ》ちゃんは、ほっとしたように顔を見合わせた。

卵焼《たまごや》きだけじゃなく、あてねちゃんの焼きそばもひと味ちがう。麺《めん》がサラッとしていて、キャベツがじゃまにならない大きさで、もやしのシャキシャキ感が食欲《しょくよく》をそそる。ソースだけじゃなく、コショウもかなりきいていて、味はちょっと辛《から》い。

十五分もすると、トントントンッと四枚《まい》、湯気を上げた山盛《やまも》りの焼きそばのお皿がテーブルにならんだ。

「富美《とみ》ちゃんの作るものは、フライパンと相性《あいしょう》がいいのよね」

「うん、そうね」

お姉《ねえ》ちゃんとお母《かあ》さんは、同じようにうなずきながら、勢《いきお》いよく焼きそばをほおばった。麦茶のボトルがカラになるのと、四人のお皿がカラになるのが同時だった。

「ああ、おなかいっぱい……」

お母《かあ》さんが両足を投げ出した。気がつくと、四人とも同じかっこうをしていた。お父《とう》さんがいないと、みんなちょっとずつだらしなくなる。

「よし、スイカも切ろう」

あいたお皿を重ねたお姉《ねえ》ちゃんが立ち上がると同時に、テレビが九時のニュースになった。あてねちゃんは、チャンネルを変えようとしてリモコンをにぎった。でも最初のニュースが流れると、じっとそのまま画面を見ていた。

うつっていたのは、オリンピックの開会式準備《じゅんび》に追われている、新国立競技場《きょうぎじょう》だった。ここが完成したというニュースを見たのは、去年の冬の初め。建物の一部に、全国四十七都道府県の木材が使われ、東西南北、それぞれの土地の方向に合わせて配置されているらしい。わたしもお父《とう》さんもお母《かあ》さんも、「へえェ」って感心して聞いていたけど、高校受験でピリピリしはじめたあてねちゃんだけは、無反応《むはんのう》だった。

五分ほどで別のニュースになると、あてねちゃんはポチッとチャンネルを変えた。

「あ、そーだ。ねえ、お母《かあ》さん」

お姉《ねえ》ちゃんが切ってきてくれたスイカを、ひと口かじったあてねちゃんが言った。

「八月二日《ふつか》から七日までのねぶたの期間、バイトしていいかな？　ちゃんと学校にも届《とど》けを出すからさ」

「バイト？　どんな？」

「ねぶたのグッズ販売《はんばい》。最終日の七日は昼だけだけど、それ以外は三時から九時半まで」

観光客向けに、ねぶたの絵入りのタオルやT《ティー》シャツなんかを売り歩く姿《すがた》は、毎年必ず見る光景だった。

「帰りがちょっとおそいわねぇ」

「一人《ひとり》じゃないよ、真緒《まお》と二人《ふたり》。自転車で行って、終わったらすぐに帰ってくるから、十時ちょい過《す》ぎには家に着くよ。ね、いいでしょ?」

真緒《まお》ちゃんは、同じ町内に住むあてねちゃんの友だちだ。

お母《かあ》さんがしぶい顔をしていたら、あてねちゃんはお姉《ねえ》ちゃんのほうをふり返った。

「光希《みつき》ちゃんだって、高校のとき、あのバイトしたいなって言ってたよね?」

「まあね。長期のアルバイト禁止《きんし》の高校でも、ねぶた期間だけはオッケーなんだよね。クラスの女子は、何人かやってたな」

「ふーん、じゃあだいじょうぶかしらね。でも……」

お母《かあ》さんが顔をくもらせたのを見て、あてねちゃんが言った。

「お父《とう》さんには、今夜帰ってきたら言うから。そのかわり、お母《かあ》さんもいっしょにお願いしてほしい」

さすがだ、あてねちゃん。お父《とう》さんは飲んで帰ってくると、たいてい機嫌《きげん》がいい。でもいくらなんでも、あんなことがあったばっかりで、それから顔も合わせていない。うまくいくかな、そう思ったとたん、あてねちゃんがこうつけ加えた。

「この前のことは反省してるって、言うから」

『反省』っていう言葉のひびきが、しっくりこなかった。いつものあてねちゃんらしくない。つぼめた口の先からスイカのタネを飛ばしながら、わたしは違和感《いわかん》の正体を考えた。

次の朝。

いつもならあわただしく洗面所《せんめんじょ》でヘアアイロンをあてている時間なのに、あてねちゃんは優雅《ゆうが》に、焼き上がった食パンにバターをぬっていた。長い髪《かみ》の毛先は、すでにきれいにクルンとカールがかかっている。早起きしたんだ。しかも、ガブリとパンにかみつく表情《ひょうじょう》がやわらかい。

あてねちゃんって、わかりやすい。機嫌《きげん》がいいときと悪いときが、トランプの裏《うら》表《おもて》みたいにはっきりしている。アルバイトのオッケーがもらえたんだって、すぐにわかった。

「もう来てるんだね、外国の選手たち」

テレビを見ながら、お姉《ねえ》ちゃんが言った。まわりを海に囲《かこ》まれた選手村で、ボランティアの人たちが、しきりになにかを説明する様子が流れていた。

「ボランティアっておじさんやおばさんばっかりかと思ったら、若《わか》い人もいるんだね」

おそろいのシャツを着たボランティアは、全員若《わか》い男性《だんせい》だった。

「もちろん。大学の友だちでも、やる人はいるよ。自分の国でオリンピックだなんて、そうそうあることじゃないからね」

お金ももらえないのに、えらいなぁって思ったら、ポツリとあてねちゃんがなにかつぶやいて、お姉《ねえ》ちゃんがふり返った。

「なんか言った、富美《とみ》ちゃん？」

「なんでもない」

あてねちゃんは、コーヒーを飲みほして「ごちそーさま」って立ち上がった。

でも、わたしには聞こえた。

「あたしの英語も通じるかな」

あてねちゃんは、確《たし》か、そうつぶやいた。

4 魔《ま》女《じょ》ラグと紗《さ》奈《な》ちゃん

朝から太陽がまぶしい。家を出て、歩きはじめるとすぐ、ランドセルと背《せ》中《なか》の間に汗《あせ》がにじみ出た。

うしろから足音が近づいてきた。

「カクシツ、どうなった？」

ふりむかなくても、要《かなめ》だってわかった。

「今度は、正体の見えない違《い》和《わ》感が現《あらわ》れた」

「イワカンってなに？」

横にならんで歩いていた。

「近い！」

わたしはあわてて早足になって、要《かなめ》の前に出た。

「おい、岬《みさき》。そういうの、やめない？」

「やめない」

五年生になったあたりから、要《かなめ》は急に女子にもてるようになった。原因《げんいん》はポケバイらしい。ポケバイに乗っているってだけで、「かっこいい」と言い出すその気持ちがわからない。

「杉崎《すぎさき》って、そうじゃなくてもかっこいいほうだと思うよ」

友だちのりっちゃんは言う。そして、「幼《おさな》なじみだからって、どうどうと仲よくしてると、うらまれるよ」と忠告《ちゅうこく》までされた。別に学校で仲よくするつもりなんかない。それでも忠告《ちゅうこく》された次の日から、教室ではなるべく接近《せっきん》しないように意識《いしき》し、要《かなめ》にも「あまり話しかけないで」って伝えた。

でも、日曜日の午後のあの庭だけはちがう。わたしには、どうしてもあそこが必要だった。だからわたしは『理由』を考えた。どうどうと、あの庭に通える理由を。

うちの店にある一番高級なアイスを持っていくから、それを食べている間、要《かなめ》はだまってあの庭でわたしの話を聞く、というのはどうだろう。なにしろ要《かなめ》は、小さいころからアイスに目がなかった。

「つまり、これは契約《けいやく》なのよ。わかる?」

『高級なアイス』という言葉を強調して、わたしは要《かなめ》に契約《けいやく》の内容《ないよう》を説明した。

「いいよ。でもケイヤクって、なんか冷たいひびきだな」

意外にも、要《かなめ》はあっさりオッケーした。「冷たい」って言葉は、聞こえないふりをした。

小学校が近くなってきた。要《かなめ》から離《はな》れようと速度を落としたら、要《かなめ》が言った。

「岬《みさき》って、異常《いじょう》に記憶力《きおくりょく》いいよな」

「なんで?」

「あてねちゃんが言ったこと、まるで台本でも読むみたいにスラスラ話すじゃん」

それは、自分でもいやになる。あてねちゃんの言葉は、時間がたってもどこにも行かない。頭のすみに、ずっとある。

「もしかしてまだ、あてねちゃんからおこられたりしてんの？」

「んなわけないじゃん。もう子どもじゃないんだから」

「そっか。もうライオンじゃなくなったんだな、あてねちゃん」

ライオン？

わたしは足を速めて、要《かなめ》の背中《せなか》に近づいた。

「それ、どういう意味？」

「ライオンみたいにこわいって言ったじゃないか、おまえ」

「そんなこと、いつ言った？　どこで、なにしてたとき？」

記憶《きおく》にないことを、指摘《してき》されるのはいやだった。要《かなめ》はわたしに体を向け、うしろ向きに歩きながら言った。

「幼稚園《ようちえん》のとき、おまえがスーパーのすみで泣いてたんだ。どうした？　って聞いたら、なんて名前だったたっけ？　はら、魔女《まじょ》のアニメ番組に出てきてた、悪役の魔女《まじょ》……」

「魔女《まじょ》ラグ？」

「そう、それ！　その魔女《まじょ》ラグのなんかを幼稚園《ようちえん》バッグにぶらさげようとして、あてねちゃんにおこられたって」

そうか、あのときか……。

「目、真《ま》っ赤《か》にして泣いててさ。姉《ねえ》ちゃんがライオンみたいにこわいなんて、おれ、一人《ひと》っ子《り》でよかったなーって、心底思ったんだ。だからはっきり覚えてる」

要《かなめ》は「岬《みさき》が忘《わす》れて、おれが覚えてることもあるんだなぁ」ってニヤニヤした。

忘《わす》れていたのはたぶん、あのあとに起こった出来事が強烈《きょうれつ》だったからだ。

「おっ、あっしーっ！　おれステージ8、クリアしたぞーっ！」

友だちを発見した要《かなめ》は、さけび声を上げながら、走っていってしまった。


要《かなめ》が言っていたのは、『光の魔女《まじょ》メルン』というアニメ番組のことだ。主人公メルンは、光の国の魔女《まじょ》で通称《つうしょう》魔女《まじょ》メルル。そして、その魔女《まじょ》メルルと敵対《てきたい》するのが、闇《やみ》の国の魔女《まじょ》ラグノアで、魔女《まじょ》ラグって呼《よ》ばれていた。クルンとした褐色《かっしょく》の巻《ま》き毛で、金色のドレスを身につけたメルンに対し、黒髪《くろかみ》ショートカットのラグノアは、海の底みたいな深い青色のドレスを着ていた。まわりの女の子は、ほとんど魔女《まじょ》メルのほうが好きだったけど、わたしはなぜか、魔女《まじょ》ラグのクールな強さに心ひかれた。

幼稚園《ようちえん》の年長組だったある日、うちの店が、問屋さんから仕入れたチョコレートの箱の中に、魔女《まじょ》メルと魔女《まじょ》ラグの人形つきのキーホルダーが、一個《こ》ずつ入っていた。チョコについているマークを、二枚《まい》集めて応募《おうぼ》すると抽選《ちゅうせん》で当たる、というキャンペーンの宣伝用《せんでんよう》だった。まわりでは、まだだれも持っていないものだった。

わたしはお母《かあ》さんに、魔女《まじょ》ラグのキーホルダーが欲《ほ》しいとねだった。それまでにないくらい、しつこくねだった。お母《かあ》さんはとうとう根負けして、「かざるのは、魔女《まじょ》メルだけでいいかもね」って言って、魔女《まじょ》ラグをくれた。うれしかった。自慢《じまん》したくて、たまらなくなった。わたしはすぐに、幼稚園《ようちえん》のバッグにぶらさげた。

「なにやってんの。そんなのにぶらさげちゃ、ダメっ！」

あてねちゃんがよってきて、こわい顔でどなった。バッグを取り上げられ、無理《むり》やりキーホルダーをはずされて、わたしは泣いた。でも、あきらめたふりをして、わたしは次の日、こっそりバッグの中に入れて幼稚園《ようちえん》に行った。

記憶《きおく》をたぐっていても、足は勝手に前に進む。気がつくともう、学校だった。

「おはよっ、岬《みさき》！」

昇降口《しょうこうぐち》で、りっちゃんに思いっきりランドセルをたたかれて、ビクッとおどろいた。

「りっちゃん、心臓《しんぞう》が止まっちゃうよ」

「へへ、ごめんごめん」

夏休みが始まってすぐ、ディズニーランドに行くことが決まってから、りっちゃんはやたらテンションが高い。

「あ、ほらほら」

かと思ったら、りっちゃんはひじでわたしをつっついて、廊下《ろうか》のほうに視線《しせん》を向けた。となりのクラスの六年二組の女子、祐川紗奈《すけがわさな》ちゃんが歩いていた。

「やっぱ、上には上がいるんだよねぇ」

床《ゆか》に投げるように置いた上ばきに、りっちゃんはすねたように足をつっこむ。

「紗奈《さな》ちゃんは、イタリアに行くんだって」

「へ、へぇ……」

ちょうど魔女《まじょ》ラグのキーホルダーのことを思い出していたときだったから、ドキッとした。

「おばさんがイタリアに住んでいるから、遊びに行くんだって。さすがだね」

紗奈《さな》ちゃんの家は、古くからやっている歯医者さんだ。市営《しえい》バスに乗ると、「祐川《すけがわ》歯科医院においでの方は、こちらです」ってアナウンスが流れるくらいの大きな病院だ。その祐川《すけがわ》歯科医院はとなりの学区にあったのだが、三年前、りっちゃんちのすぐそばの土地に新しく病院を建てなおし、それと同時に紗奈《さな》ちゃんもうちの小学校に転校してきたのだ。色が白くて物静かで、ピアノが上手《じょうず》なお嬢《じょう》さまは、いつもレースみたいな上品な膜《まく》でおおわれていると、りっちゃんは表現《ひょうげん》する。

「岬《みさき》はさ、紗奈《さな》ちゃんのことには、まったく関心を示《しめ》さないよね」

「そんなこと、ないよ」

胸《むね》がしくっと痛《いた》んだ。関心を示《しめ》さないんじゃない。その逆《ぎゃく》だよ。

りっちゃんには話していないけど、わたしと紗奈《さな》ちゃんは幼稚園《ようちえん》がいっしょだった。

そして、魔女《まじょ》ラグキーホルダー事件《じけん》とつながる。

六年二組の教室の前を通り過《す》ぎるとき、チラッと中を見た。紗奈《さな》ちゃんは、席についてランドセルから教科書を出しているところだった。学校にいるときのわたしの目は、いつも無意識《むいしき》に紗奈《さな》ちゃんの姿《すがた》を探《さが》している。見たいから、というわけではない。どうやったら自分が、紗奈《さな》ちゃんの視界《しかい》に入らないようにできるかを考えているからだ。

ゆいいつ、安心して観察できるのは、年に数回、紗奈《さな》ちゃんが全校朝会で表彰《ひょうしょう》されるときだ。三歳《さい》からピアノを習っているらしい紗奈《さな》ちゃんは、ピアノコンクールでときどき入賞《にゅうしょう》する。壇上《だんじょう》の紗奈《さな》ちゃんは、いつもリカちゃん人形のようにかわいらしかった。

三年生の春に、紗奈《さな》ちゃんが転校してきたときのおどろきは、今も忘《わす》れない。でも、同じクラスにならずにすんだのは、幸運というしかない。心の底から、神様に感《かん》謝《しゃ》している。

5
魔《ま》女《じょ》ラグのもと

家に帰って自分の部屋《へや》にいたら、ドアをノックして、あてねちゃんが入ってきた。

「岬《みさき》ちゃん、この前、光希《みつき》ちゃんからもらったT《ティー》シャツ、ちょっと見せて」

「え？　あ……うん」

お姉《ねえ》ちゃんは、いつも必ず、わたしたち二人《ふたり》におみやげを持って仙台《せんだい》から帰ってくる。「バイト代で買えるくらいのものだから」って言うけど、それらはすべて都会の香りに満ちていた。今回は、胸《むね》にブランドのロゴがプリントされた色ちがいのT《ティー》シャツ。あてねちゃんには白、わたしにはオレンジ色だった。

あてねちゃんは、オレンジ色のT《ティー》シャツを着ると、タンスの上の鏡をのぞいた。

「やっぱりあたしには、こっちの色のほうが合ってるって思うんだよねぇ。どう？」

顔立ちが、太陽みたいなオレンジ色に負けていなかった。高校生になったとたん、あてねちゃんのまゆ毛は形を変えた。すっきりしたカーブで、キリッとなった。加えて、T《ティー》シャツの胸《むね》のカーブがまぶしい。おっぱい、おっきくなったなぁ、あてねちゃん。

「うん、とっても似合《にあ》ってる」

心の底からこぼれ出た言葉に、あてねちゃんは「でしょ」っと顔をほころばせた。

「岬《みさき》ちゃんには、絶対《ぜったい》こっちのほうがいいと思う。ほら、着てごらん」

白いほうのT《ティー》シャツをわたされた。でも、どうなるかはわかっていた。オレンジでも白でも、大人《おとな》用のM《エム》サイズは、わたしにはまだ少し大きくて、どうにもさまにならないのだ。

案の定、着てみてがっかりした。胸《むね》のおしゃれなロゴだけが、ただただ目立つ。鏡の中にいるのは、どこからどう見ても、やぼったい小学生でしかなかった。

「んー、岬《みさき》ちゃんの場合はねぇ……」

あてねちゃんは、わたしのあごまでの髪《かみ》を、うしろにたばねるようにして言った。

「髪《かみ》、もっと短いほうがいいな。ほら、どう?」

「ほんとだ」

顔のまわりがパッと明るくなって、目を見張《は》った。一気にさわやかさが増《ま》して、ロゴのおしゃれ感に、ちょっとだけ追いついた感じがした。

「じゃあ、とりかえっこ、成立ね」

はずむようにして、あてねちゃんは出ていった。

髪《かみ》、切ろうかな。

あてねちゃんはときどき、魔法《まほう》も使う。


いよいよ夏休みが始まった。

わたしはさっそく、要《かなめ》のお母《かあ》さんの美容室《びようしつ》、サロン・ド・スギに髪《かみ》を切りに行った。

「わたしもね、岬《みさき》ちゃんには、もっと短いほうが似合《にあ》うだろうなって思ってたのよ」

自信たっぷりな口調で言うと、銀色のハサミをリズミカルに動かしながら、おばさんは手ぎわよくカットしていった。落ちた髪《かみ》の毛で、床《ゆか》がだんだん黒くなっていく。

「あ、あの、おばさん。今の要《かなめ》みたいには、しないでね」

「わかってるって」

要《かなめ》の髪型《かみがた》は、二カ月ごとに変化する。今のは、ツーブロックとかいう耳のあたりだけ、かり上げになっているやつ。わたしは生理的にダメだけど、クラスの女子には評《ひょう》判《ばん》がいい。「ヘルメットでむれるから、一度、ぼうずにしてみたい」っていう要《かなめ》の希望は、おばさんの子どもでいる限《かぎ》り、かなうことはなさそうだ。

「そういえば。富美《とみ》ちゃん、ねぶたのアルバイト、オッケーもらえた?」

「え。なんで知ってるの?」

「そのアルバイトを紹介《しょうかい》したの、若子《わかこ》さんなんだって。この前、本人から聞いた」

若子《わかこ》さんは、この商店街で化粧品店《けしょうひんてん》をやっているおばさんだ。年齢《ねんれい》は、うちのお母《かあ》さんや要《かなめ》のお母《かあ》さんより上らしいけど、とてもそうは見えない。毎日きれいにお化《け》粧《しょう》して、あざやかな色のワンピースに身を包み、ヒールの高いくつをはいている。名前のとおり『若《わか》い』のだ。今はだれとも結婚《けっこん》していないけど、昔、アメリカ人と結婚《けっこん》して、アメリカに住んでいたことがあるらしい。

あてねちゃんは、小さいころから若子《わかこ》さんのお気に入りだった。「うちの子になって、この店のあとつぎにならない？」って言われたこともあった。英語に興味《きょうみ》を持ちはじめたきっかけも若子《わかこ》さんで、今でもひんぱんに入りびたっている。部屋《へや》にならんでいる化粧品《けしょうひん》のサンプルたちは、全部若子《わかこ》さんからもらってきたものだ。

「今年《ことし》はオリンピックがあって、海外の観光客が多そうだから、アルバイトの人数も増《ふ》やしてるんだって。若子《わかこ》さん、顔が広いから、知り合いから頼《たの》まれたらしいの」

「ふーん、そーなんだ」

アルバイトのオッケーをもらったとたん、あてねちゃんはおとなしくなった。でも、家族の会話には積極的に入ってこない。夕ごはんのときは、話すのをさけるようにして、じっとテレビのほうばかり見てる。違和《いわ》感の正体は、いまだにナゾのままだった。

「前髪《まえがみ》も、少し短めにしとこうね」

おばさんに言われて、目をつぶった。ハサミのカシャカシャっていう音といっしょに、細かい髪《かみ》の毛が落ちてきて、鼻の頭がかゆくなる。

「東京はオリンピックだって盛《も》り上がってるけど、やっぱりこっちは、ねぶたよねぇ」

おばさんは、太鼓《たいこ》や笛といっしょにねぶた囃子《ばやし》を奏《かな》でる、手ぶりがねの名手だ。手ぶりがねは、シンバルを小さくしたような形をしている。それを両手に持ち、全身でおどるようにしながらかきならす姿《すがた》は、子どものわたしから見てもかっこいい。

「なんてったって、ねぶたで一番しびれるのはお囃子《はやし》のスタートだわねぇ。かけ声と同時に、お囃子《はやし》が始まるしゅんかんは、毎年必ず鳥肌《とりはだ》がたつもんね」

おばさんの声は、熱かった。目を開けたわたしは、おばさんに言った。

「おばさんも、出番を待ってるオリンピック選手みたいだね」

「あら、岬《みさき》ちゃん。いいこと言うわね」

おばさんは、鏡ごしにニカッと笑った。

出番を待つ、か。登場するステージがあるっていいよね。要《かなめ》のステージは、ポケバイのレースだ。そしてたぶん、紗奈《さな》ちゃんのステージはピアノのコンクール。

ずっと前から思っていた。出番のある人は、なにがその人のステージなのか、ちゃんとわかるようになっている。そこに立つと、自然に光が当たってイキイキしだす。わたしはいつも、それを見る側にいて、おどろいたり、感心したり、うらやましいなって思ったりする。光を浴びたしきの気分って、どういう感じなんだろう？

「え？」

「あら」

「わいはぁ、ずいぶん短くなったのぉ」

髪《かみ》を切って家に帰ったら、お姉《ねえ》ちゃんとお母《かあ》さんと亀山《かめやま》さんの反応《はんのう》が同じだった。

だれの口からも、「似合《にあ》うね」って言葉は出なかった。

やっぱり、これ、短過《す》ぎ？

途中《とちゅう》から、自分でもそうじゃないかなって思いはじめた。でもなにも言えなくて、終わったあと「ほら、かわいくなった」っておばさんが笑ったから、わたしも「へへっ」って無理《むり》やり、笑顔《えがお》を作った。

部屋《へや》にかけこんで、鏡をのぞいた。ああ。これはもう、どう見ても男の子だ。

ドアのノックと同時に声がした。

「髪《かみ》、切ったんだって？」

開けたら、部活から帰ってきたあてねちゃんが、「あっついー」って制服《せいふく》のスカートをバサバサやりながら立っていた。高校に入ったあてねちゃんは、英会話部に入った。学校はつまんないけど、ゆいいつ部活だけは楽しいって話していた。

「おー、かなり切られたね」

わたしの頭のてっぺんの毛を、二、三回指でなでるようにしたあてねちゃんは、

「ちょっと待ってて」って言って、自分の部屋《へや》からなにかを持ってきた。直径五センチくらいの、きれいなブルーの缶《かん》だった。ふたを開けると、中に白いクリームが入っていた。

「ワックスだよ」

ほんの少し指ですくって手のひらに取り、両方の手のひらをこすり合わせるようにしてから、わたしの髪《かみ》の毛につっこんだ。

「ワシャ、ワシャ、ワシャ」

声に出しながら、無造作《むぞうさ》にクシャクシャにしたとたん……。

「うわっ」

ペタッとしてた頭頂部《とうちょうぶ》に、風に吹《ふ》かれたあとみたいに流れのあるボリュームが出た。しかも少し、ぬれたようにツヤツヤになっている。

「ほら。前髪《まえがみ》は少し分けたほうが、女の子らしい」

指先で前髪《まえがみ》をつまみ、クリクリとワックスをこすりつけて分け目を入れただけで、男の子っぽさはみごとにどこかへ消えた。

「あれっ？」

急にあてねちゃんが、パッと目を見開いた。

「ねえ、ちょっと魔女《まじょ》ラグみたいじゃない？」

ドキッとした。

「ほら、闇《やみ》の国の魔女《まじょ》ラグノア。好きだったじゃん、岬《みさき》ちゃん」

毛先を立たせるようにしながら、あてねちゃんは「似《に》てる似《に》てる」ってくり返した。

「そ、そんなこと……ないよ」

少しだけ、似《に》てる気がしてきた。鏡から目が離《はな》せなくなった。

「切って正解《せいかい》だったね。岬《みさき》ちゃんには、ショートカットが合ってる。前より百倍、よくなった」

百倍って言葉に、勇気がわいた。

「ありがとう、あてねちゃん」

お礼を言うと、あてねちゃんはワックスの缶《かん》を、ポンとわたしの手にのせた。

「あげる」

「え、いいの？」

「うん。あたし、ロングにしちゃったから、もう必要ないし。鏡を見たときね、いいなって思えるって大事なことだよ。それだけで、気分が上がるからね」

そう話すあてねちゃんの表情《ひょうじょう》が、それまで見たことがないくらい、優《やさ》しくておだやかだった。でもそれはほんの一、二秒で、すぐに「あー、のどかわいちゃったぁ」って言いながら、あてねちゃんは部屋《へや》を出て階段《かいだん》を下りていった。

一人《ひとり》になってから、もう一度、鏡をのぞいた。

似《に》てる、かなぁ。

主人公のメルンより、ラグノノのほうが好きだったのは、ショートカットがかっこよくて、そこに『強さ』みたいなものを感じたからだ。

鏡の中の自分が、ほんの少しだけ、パワーアップして見えた。手のひらにのったブルーの缶《かん》は、ツヤツヤに光って、特別な感じがした。もしかしたらわたし、『魔女《まじょ》ラグのもと』みたいなものを、手に入れたのかもしれない。

わたしは、ぬいぐるみや小物をならべたお気に入りコーナーに、ブルーの缶《かん》をかざるように置いた。

そうだ、お母《かあ》さんたちにも、この髪《かみ》、見せなくちゃ。

わたしはすぐに、部屋《へや》を飛び出した。

あれ？

あてねちゃんの部屋《へや》のドアが、開いたままだった。

いっしゅん目に入ったものが気になって、下りかけた階段《かいだん》をまたもどった。
あのリュックが、出てる。
まるで修学《しゅうがく》旅行の前みたいに、パンパンにふくらんでいた。

6 人間につく色

ワックスをつけた髪型《かみがた》は、お母《かあ》さんたちにも評判《ひょうばん》がよかった。お姉《ねえ》ちゃんに「前より元気いっぱいの岬《みさき》ちゃんになった」って言われて、次の日もわたしは、ワックスをつけてワシャワシャやった。

昼過《す》ぎ、要《かなめ》のところに行くと、わたしを見た要《かなめ》は、「お」って小さくつぶやいた。それだけか。おしゃれしたって思われるのもいやだけど、反応《はんのう》が薄《うす》いのも物足りない。

わたしはさりげなく髪《かみ》の毛をさわって、『魔女《まじょ》ラグのもと』を確《たし》かめた。その間に、さっさとクーラーボックスを開けた要《かなめ》は、ウキウキした表情《ひょうじょう》でアイスを取り出した。

「お、今日《きょう》はマスクメロンだ。いっただきまーす！」

わたしはあわてて、テラスのベンチにこしかけた。

「まだちょっと、かたいなぁ」

アイスの表面をスプーンでけずりながら、要《かなめ》はチラチラこっちを見た。

「しゃべんないの？」

しゃべるよ。言葉を探《さが》していたんだ。

「昨日《きのう》、見てはいけないものを……」

そこまで言って、言葉が止まった。口に出したら、現実《げんじつ》になりそうでこわかった。

あのパンパンにふくらんだリュック。

あてねちゃんがあのリュックを使ったのは、これまでにたった一度しかない。中学二年生の夏休み、友だちの真緒《まお》ちゃんといっしょに、函館《はこだて》に住んでいる真緒《まお》ちゃんのおばあちゃんの家に泊《と》まりに行ったときだ。函館《はこだて》行きが決まったとたん、あてねちゃんはすぐに新しいリュックを欲《ほ》しがった。「光希《みつき》が使ってたのがあるじゃない」としぶるお母《かあ》さんに、「いつか必ず、また使うときがくる」って言って、引きさがらなかった。

もしかしたら、その「いつか」が、来てしまったんだろうか。

「おい、岬《みさき》？」

要《かなめ》がじっとこっちを見ていた。

「見てはいけないものを、見ちゃったんだな？」

そう言うと、顔を近づけて小さな声でささやいた。

「もしかして、エッチなことか？」

は、はぁ？

要《かなめ》の顔が、ばかっぽくて、思わずプッとふき出した。

「な、なに笑ってんだよ」

おかしくって、声を出してゲラゲラ笑った。

「ちがうのか？　ちぇっ、言いかけてやめんなよ」

要《かなめ》はすねたように、グリグリとアイスにスプーンをねじこんだ。

不安の種とは縁《えん》がなさそうな要《かなめ》が、うらやましい。

「ふん、おれ、もう食べちゃったもんね〜だ」

結局今日《きょう》は、ほとんどなにもしゃべらないうちに、契約終了《けいやくしゅうりょう》になった。アイスを平らげた要《かなめ》は、立ち上がってポケバイに近づくと、「よいしょっ」と言いながら、スタンドからバイクをはずした。そして車体のシートに右ひざを乗せ、背中《せなか》を丸めるようにして、右手で右下についている黒いレバーをにぎった。

あ。かけるんだ、エンジン。

レバーには細いロープがついていて、それを引っぱるとエンジンがかかる仕組みだ。

要《かなめ》は勢《いきお》いをつけて、レバーを一気に引っぱった。

ブルンッ　トットットットットッ
エンジンは、その一回で動き出した。カウリングというプラスチック製《せい》の風よけが、小きざみにブルブルふるえている。わたしは近寄《ちかよ》って、バイクのそばにしゃがんだ。

「エンジンかけるの、うまくなったね」

「前からうまいよ」

それはうそ。前は「えいっ！」っておおげさなかけ声をかけながら、五回くらい引っぱらないとかからなかった。要《かなめ》の右手がハンドルを回すと、エンジンは、ブォンブォンとおこったようなうなり声を上げた。

「うん、いい音だ」

要《かなめ》は満足そうにつぶやきながら、耳をすませる。でも、おなかにひびくその音は、わたしには、ただせわしなくて乱暴《らんぼう》な音だった。エンジン音は近所迷惑《めいわく》になるからと、おじさんにきつく言われている。要《かなめ》は一、二分でエンジンを切り、息を止めたバイクは、またひっそりと鉄のかたまりにもどった。

耳の中に、まだエンジン音を感じながらしゃがんでいたら、となりで要《かなめ》がつぶやいた。

「ふーん、ワックスつけてきたんだ」

「げっ」

あわてて立ち上がった。

「岬《みさき》ちゃん、『げっ』はやめなさい。女の子なんだからね」

要《かなめ》は、わたしが前に、要《かなめ》のお母《かあ》さんから注意されたときの口まねをした。

「な、なんでワックスだって、わかりますのか?」

「岬《みさき》、日本語、へん。当然でしょ。おれは、バイク屋の子でもあるけど、美容室《びようしつ》の子でもあるんだから。そんなこと、ひと目でわかる」

ブーッと口をとがらせて立っていると、「いいじゃん、その髪型《かみがた》」って声が聞こえた。

「あ、え……と」

急に、落ち着かない気持ちになった。

「帰る」

「あ、おい。クーラーボックスは?」

「あとでまた取りに来る」

ふりむきもせずにテラスを下りて、ズンズン歩く。そのまま庭に面したうす暗い倉庫の棚《たな》の間をぬけて、バイク店に続くドアノブに手をかけたしゅんかん、足が止まった。

「うそでしょ」

目を疑《うたが》った。

ドアのガラスの向こうに、紗奈《さな》ちゃんがいた。白っぽいノースリーブのブラウスに、ブルーのキュロットスカート。いつもポニーテールにしている長い髪《かみ》を下ろしているからか、今はいっそうリカちゃん人形っぽさが増《ま》している。そんな紗奈《さな》ちゃんが、夏の日差しを浴びながら、杉崎《すぎさき》バイク店の前に立っていたのだ。

あわてて回れ右して、裏庭《うらにわ》にもどった。

「あれ。もう取りに来たの？　クーラーボックス」

「ちがう」って答えて、花だんの前にしゃがんだ。

「店の前に、祐川《すけがわ》紗奈《さな》ちゃんが、いた」

「はぁ？　祐川《すけがわ》って二組の？」

だまってうなずくと、要《かなめ》は「マジで？」って立ち上がり、「うちの店にかぁ？」って言いながら、店に向かって歩いていった。

迷《まよ》いのないそのうしろ姿《すがた》が、うらやましい。そういえば要《かなめ》は、三、四年生のとき、紗《さ》奈《な》ちゃんと同じクラスだった。でも要《かなめ》の場合は、たとえクラスがちがったって、話しかけることをためらったりしない。同じ学年ならみんな、『同級生』っていうくくりで友だちなのだ。

しゃがんだわたしは、足もとのアリを見ていた。細い手足をトトトと動かし、まっすぐ歩く。ちっちゃいな。

でももしかして、こそこそ逃《に》げてきたわたしのほうが、もっとちっちゃい？

わたしはワックスのついた髪《かみ》の毛に両手をつっこみ、ギユッと強くにぎりしめた。

十分くらいしてもどってきた要《かなめ》が言った。

「祐川《すけがわ》、自転車のタイヤに、空気を入れに来ただけだった」

そうだったんだ。杉崎《すぎさき》バイク店といいながら、要《かなめ》んちは、自転車も置いている。

「おれが空気入れてやった。どう見ても祐川《すけがわ》には、無理そうだし」

確《たし》かに、ピアノを奏《かな》でる白い指が、タイヤのホコリやチェーンの油で汚《よご》れるところは、想像《そうぞう》しにくかった。

「紗奈《さな》ちゃんでも、自転車に乗るんだね」

「だよな。おれも祐川《すけがわ》に、同じこと言った。これから、ピアノ教室なんだって。いつもは母親の車で行ってるけど、今日《きょう》は用事でいないから自転車にしたんだってさ」

「イタリアに行くのは、まだなのか……」

「えっ、あいつイタリアに行くの？」

要《かなめ》がすぐに反応《はんのう》した。

「バイクの本場じゃん、すげーな」

フッとひとつの疑問《ぎもん》がわいた。紗奈《さな》ちゃんのことまで『あいつ』って呼《よ》んじゃう要《かなめ》には、あの紗奈《さな》ちゃんはどういうふうに、うつっているんだろう。

わたしは、しおれたナスタチウムをつみ取りながら、さりげなく質問《しつもん》した。

「要《かなめ》って、三、四年のとき、紗奈《さな》ちゃんと同じクラスだったよね。紗奈《さな》ちゃんって、どんな感じだった？」

「どんな感じって、どういうこと？」

「んー例えば……休み時間に、クラスのみんなとおしゃべりとか、してた?」

「そりゃするでしょ。覚えてないけど」

「声出して、笑ったりもするのかな?」

「それもするだろ。覚えてないけど」

「授業中《じゅぎょう》に、手、上げたりもする?」

「なんで?」

「え?」

要《かなめ》が近づいてきた。

「なんでそんなこと、聞くの?」

「だ、だって。同じクラスになったことないから、どんな感じかなぁって」

「でも知ってたじゃん、イタリア行くこと」

「それはりっちゃんに聞いたからだもん」

「ふーん」

今のは、なにかを疑《うたが》っている「ふーん」だ。

「あ、思い出した！」

口をパカッと開けて、唐突《とうとつ》に要《かなめ》がさけんだ。

「そういえばあいつ、クラス一、早かった」

「なにが？」

「手袋《てぶくろ》をはめる時期だよ。三年生の何月ごろだったのかな？　まだちっとも寒くなくて、ちっとも冬って感じじゃないのに、毛糸の手袋《てぶくろ》をはめて登校してきたんだ」

「寒がり、なのかな？」

わたしが言うと、要《かなめ》はもったいぶったように首をふって、「はずれ」と答えた。

「ピアノのためさ。手は冷やしちゃいけないんだって」

へえ……。

「クラスの男子に、冬じゃないのにへんなのーってからかわれたとき、おれ、絶対泣《ぜったい》くって思った。でも祐川《すけがわ》のやつ、へいきな顔してたな。次の日も、どうどうと手袋《てぶくろ》はめて学校来てたもん」

話す要《かなめ》が、だんだん真面目《まじめ》な表情《ひょうじょう》に変わっていって、最後にこう言った。

「おれ、そのときちょっと、祐川《すけがわ》のこと見直した」

心のどっかが、チリチリ熱くなった。

その気持ちは、わかる。だけど紗奈《さな》ちゃんには、そうじゃない一面だってあるんだよ。なんていうか……わがまま、みたいな。じゃなきゃあのとき、あんなことはしなかった。

思っていることが顔に出ていそうで、下を向いたら要《かなめ》が言った。

「岬《みさき》、祐川《すけがわ》のこと、なんでさけてんの？　きらいなのか？」

あわてた。

「そ、そんなことない。あっ！　もう帰んなきゃ、またねっ」

急いで逃《に》げた。うかつだった。魔女《まじょ》ラグキーホルダー事件《じけん》のことは、たとえ要《かなめ》でも、知られてはいけない。

杉崎《すぎさき》バイク店を出たとたん、目にたくさんの赤いものが飛びこんできた。『ハマナス商店街』って字が入った赤い提灯《ちょうちん》と、金魚の形をした真っ赤《まっか》な金魚ねぶたが、ひとつずつ交互《こうご》にぶらさがっていた。

店の前で足を止めて見上げていたら、中から要《かなめ》のお父《とう》さんも出てきた。

「これがぶらさがると、商店街が一気に、にぎやかになるなぁ」

わたしの横にならんで、提灯《ちょうちん》を見上げる。通りの向こうでガラガラ台車を引く音がして、気づいた要《かなめ》のお父《とう》さんはそっちに向かって、「おつかれーっ」ってさけんだ。

見ると、百メートルくらい向こうに、まだ飾《かざ》りつけをしているおじさんたちが歩いていた。頭に白いタオルを巻《ま》き、肩《かた》にはしごをのせているのは、うちのお父《とう》さんだ。

要《かなめ》のお父《とう》さんは、作業の様子を見ながら言った。

「今年《ことし》も、棚《たな》ちゃんは大活躍《だいかつやく》だな。

おれは毎年、飾《かざ》りつけの作業は手伝《てつだ》えなくて、もうしわけないなぁ」

首のタオルで汗《あせ》をふきながら言う。

「しょうがないよ。だっておじさんは、一人《ひとり》でお店をやってるんだもん。それにうちのお父《とう》さん、イベント好きだから。へいき、へいき」

商店街には、春夏秋冬のいろんなイベントがある。その時期になると、お父《とう》さんは急にイキイキしだす。店で働いているより、何倍もはりきって動きまわる。

「いいや、好きだからってだけじゃないぞ。みんな自分の商売があるのに、ああして商店街のために時間使ってんだ。棚《たな》ちゃんは、毎回必ず、先に立って働いてる。なかには、いっさい協力しない人間もいるからな。えらいよ、棚《たな》ちゃんは」

いつも無口なおじさんの口から、お父《とう》さんのほめ言葉を聞いたのは初めてだった。

「えらい」と言われたお父《とう》さんは、ちょうどはしごを上っているところだった。言われたら急に、その姿《すがた》が頼《たの》もしく思えてきた。

要《かなめ》から見た、紗《さ》奈《な》ちゃん。おじさんから見た、うちのお父《とう》さん。

ちがう人の目を通して見ると、人間ってまた、別な色がついて見えてくる。

7 オリンピック開会

毎朝、ワックスをつけるのが日課になった。同時にもうひとつ、あてねちゃんの部屋《へや》を、こっそりのぞくのも日課になった。

高校生って、夏期講習《こうしゅう》っていうのがあるから、夏休みでも学校へ行く。そのすきに、ちょっぴり罪悪感《ざいあく》を覚えながら、わたしはあてねちゃんの部屋《へや》のドアをそっと開けた。

でもあのリュックは、あの日から姿《すがた》を消した。たぶん、押《お》し入れのどこかにしまってあるんだろう。もちろん押《お》し入れを開けることなんて、しない。すごくすごく気になったけど、部屋《へや》の中にはわたし、一歩も足をふみ入れることはしなかった。

そんなある夜、夢《ゆめ》を見た。

幼《おさな》いころのわたしが、店員の亀山《かめやま》さんと手をつないで歩いていた。亀山《かめやま》さんが言った。

「富美《とみ》ちゃん、今日《きょう》はちゃんと幼稚園《ようちえん》さ、いがねばのぉ」

見ると、亀山《かめやま》さんのもうかたほうの手は、幼稚園児《ようちえんじ》のあてねちゃんの手をにぎっていた。あてねちゃんは、おこった表情《ひょうじょう》をしていた。幼稚園《ようちえん》まで来ると、亀山《かめやま》さんはあてねちゃんの手を離《はな》し、「いってこいへ」って背中《せなか》をおした。無言のまま、まっすぐ歩きだしたあてねちゃんは、玄関《げんかん》まで行ったとたん歩くのをやめた。そしてクルッと向きを変え、またズンズン歩いてこっちにもどってきたのだ。

もどってきたあてねちゃんは、ふてくされたような顔をして、どなりちらした。

「このくつした、かわいくない！」

「このスカートの色、きらい！」

そして幼稚園《ようちえん》バッグの中身を、次々に道に放り投げた。

「このハンカチ、いや。このナプキンじゃ、ダメ。ティッシュ、クシャクシャでいや」

オロオロしながら、バッグの中身をひろい集める亀山《かめやま》さん。でもすぐまたそれを、遠くへ放り投げるあてねちゃん。

「亀山《かめやま》さんじゃ、いやーっ！」

とうとう最後にあてねちゃんは、大声でこうどなって、どこかに行ってしまった。

目が覚めたら、まだうす暗かった。空気がムッと熱くて、背中《せなか》がじっとりぬれていた。わたしは起き上がり、窓《まど》を全開にして、また布団《ふとん》に寝《ね》ころんだ。

まるで不満のかたまりだ。

もちろんわたしに、幼稚園《ようちえん》のころのあてねちゃんの記憶《きおく》はない。今のは何度も、亀《かめ》山《やま》さんから聞かされてきたことだった。一度機嫌《きげん》をそこねたあてねちゃんは、筋金《すじがね》入りに強情《ごうじょう》だった。そしておなかにたまった不満がはちきれたとき、あてねちゃんは必ずなにか、大きなことをやらかした。

「幼稚園《ようちえん》の前から逃《に》げだ富美《とみ》ちゃんが発見されたの、若子《わかこ》さんの店だったんだよ」

これも、亀山《かめやま》さんが教えてくれたことだった。

あてねちゃんは、今、なにをしようとしているんだろう。オリンピックやねぶた祭までのカウントダウンのように、わたしにはそのときが、どんどん近づいているような気がしてならなかった。


夏休み六日目。

二日《ふつか》続きの雨のあと、重い雲のふたをはがしたみたいにカラッと晴れた。空の青さが、これまでとちがってあざやかだった。お昼のニュースで、気象予報士《きしょうよほうし》のおじさんが「東北北部も、ついに梅雨《つゆ》が明けました」と宣言《せんげん》し、「ギリギリで、日本列島すべての梅雨《つゆ》明けが、オリンピックに間に合いましたね」とほこらしげに言った。

「いよいよ明日《あした》が開会式か」

お父《とう》さんが、それに答えるようにつぶやいてテレビに目を向けた。

お母《かあ》さんとお姉《ねえ》ちゃんは、お店に出ていて、わたしはお父《とう》さんと、お昼ごはんの冷やし中華《ちゅうか》を食べているところだった。

「はぁ、暑いな」

お父《とう》さんの箸《はし》が進んでいない。冷やし中華《ちゅうか》は、まだ半分も減《へ》っていなかった。

「岬《みさき》、もう少し食べられるか？」

うなずくと、お父《とう》さんは自分の麺《めん》をごっそりすくって、わたしの皿にうつした。

「夏バテかな？　今年《ことし》は早いね」

お父《とう》さんは、家族で一番暑さに弱い。

「うん。ちょっと腹《はら》の調子が悪くてな」

答えるお父《とう》さんは、手のひらでおなかをさすった。そうかと思うと、今度はその手を腰《こし》にまわして、何度も強くトントンとたたきはじめた。

「腰《こし》も痛《いた》いの？」

「いつも痛《いた》むあたりとは、ちょっとちがうんだよなぁ」

「この前の提灯《ちょうちん》の飾《かざ》りつけの日に痛《いた》めたんじゃない？　マッサージしようか？」

「お、いいか？　じゃあ、久《ひさ》しぶりにお願いするかな」

食べ終わると、わたしはうつぶせになったお父《とう》さんの腰《こし》に両手の親指をあてて、ゆっくり体重を乗せるようにしてグイグイおしつけた。

「ううっ、そうだ、そこだ」

もともとお父《とう》さんは、腰《こし》が悪い。毎日の仕入れで、野菜や魚の箱をトラックに積んだり降《お》ろしたりするからだ。だから昔からよく、お姉《ねえ》ちゃんにマッサージしてもらっていた。お姉《ねえ》ちゃんが中学三年生になったとき、五年生だったあてねちゃんにバトンタッチしようとしたけど、ダメだった。あてねちゃんは一、二分で「指がつかれた」ってうんざりした顔をして、すぐにどこかに逃《に》げてしまった。結局、大学受験の直前までお姉《ねえ》ちゃんがやって、あとは四年生のわたしに役目がまわってきたのだ。

座布団《ざぶとん》に頭をのせたお父《とう》さんは、わたしの親指の動きに合わせて、「うーん、うーん」とうなるような声を上げる。
一、二、三、四……。
後頭部に見える白髪《しらが》を数えながら、親指を動かした。お母《かあ》さんより八歳《さい》年上のお父《とう》さんは、もうじき五十五歳《さい》になる。横たわった背中《せなか》は、少し細くなったように感じた。

あ、なんかを油で揚《あ》げている。

その日の夕方、自分の部屋《へや》で寝《ね》ころんで本を読んでいたわたしは、流れてきたにおいにつられるように、起き上がった。真下の台所の換気扇《かんきせん》が回ると、そのにおいでなにを作っているのかが、だいたいわかる。これは一〇〇パーセント、揚《あ》げ物だ。

でも今はまだ、六時を過《す》ぎたばかり。うちの店の閉店《へいてん》は八時で、お父《とう》さんとパートさんに店をまかせて、お母《かあ》さんが夕ごはんを作りはじめるのは、七時半って決まっている。それにお母《かあ》さんは、店が休みの日以外、ほとんど揚《あ》げ物はしない。もしかして、今日《きょう》はめずらしく、お姉《ねえ》ちゃんが作っているのかな？　でも、「いつも一人《ひとり》分の食事しか作っていないから、五人分なんて世界観がちがい過《す》ぎて、ちょっと無理」と言って、あまり夕ごはんのしたくはしたがらない。

赤くそまりはじめた空に、香《こう》ばしい揚《あ》げ物のにおいは、わたしの空腹《くうふく》感を倍増《ばいぞう》させた。じっとしていられなくなって、階段《かいだん》を下りて台所をのぞきに行った。

台所に立っていたのは、あてねちゃんだった。T《ティー》シャツにジャージのハーフパンツのうしろ姿《すがた》が、強い西日をうけながら、流しの前でいそがしく動いていた。うなるような音をたてて回っている換気扇《かんきせん》の真下では、フライパンに満たした油の中で、なにかがプチプチ音をたてていた。ほらね、やっぱり揚《あ》げ物だ。フライパンの中をときどき確認《かくにん》しながら、あてねちゃんは包丁で、ザクザクと長ネギをきざみはじめた。かなりの量の長ネギをきざんで、それをボウルに放りこむと、今度は、油で揚《あ》げていたものを、フライパンの中から取り出した。こんがりと茶色に色づいたかたまりは、お肉に見えた。

あてねちゃんは、置いてあったスマホを手に取った。

「えっとぉ……」

画面を確認《かくにん》しながら、あてねちゃんは、おしょうゆや酢《す》なんかの調味料を出し、ていねいにスプーンではかりながら、次々にボウルに入れていった。

「わ。これ、ユーリンチーじゃない。富美《とみ》ちゃんが作ったの？　すごーい！」

お姉《ねえ》ちゃんが、できあがった料理を見て声を上げた。油で揚《あ》げていたのは、とり肉だった。それをひと口大に切ったものを、レタスをしいた大きなお皿に盛《も》りつけ、その上に、細かくきざんだ長ネギのタレがたっぷりかかっている。

「ユー、リンチー?」

遊園地みたいな名前だ。

「うん。大学の近くの中華料理屋《ちゅうかりょうりや》さんで、何度か食べたことある。おいしいんだよ」

わたしが「へぇ」ってうなずくと、あてねちゃんは、お肉のまわりにプチトマトをかざりながら「レシピ探《さが》してたら、たまたま見つけたんだ」って言った。

最後にポンと、新鮮《しんせん》なパセリが頂上《ちょうじょう》にのっかった。

「うわーっ。まるで中華《ちゅうか》料理屋さんみたいじゃない」

店じまいをすませてきたお母《かあ》さんも、すぐにお皿に近づき、「食欲《しょくよく》をそそるにおいね」って鼻をクンクンさせた。それから手早く、ところてんや漬《つ》け物を用意して、テーブルにならべた。わたしも、お茶わんやお皿を出して、手伝《てつだ》った。

「ほぉ……うまそうだな」

シャワーを浴びてきたお父《とう》さんも、笑顔《えがお》でテーブルの前に座《すわ》った。

「いただきまーす」

みんなのお箸《はし》が、同時にユーリンチーにのびた。

「うん、おいしい!」

「揚《あ》げ物なのに、酢《す》を使ってるから、さっぱりするわね。それに、冷めてもおいしい」

本当にそうだった。すっぱくて、少しあまさもあるタレの味は、ふつうのからあげよりずっと、白いごはんにぴったり合った。

「あてねちゃんって、やっぱり、お料理うまいんだなぁ」

わたしの言葉に、あてねちゃんは少しはにかんだように笑って、お母《かあ》さんに言った。

「明日《あした》も、夕ごはん、作るから」

そのとたん、家族全員があてねちゃんの顔を見た。

「あら、いいの?」

お母《かあ》さんが、少しキョトンとした顔で聞いた。

「うん、いいよ。夏休みだし、しばらくあたし、夕ごはん作る」

「へえ。次はなにが食べられるのかな？　楽しみ」

すぐにお姉《ねえ》ちゃんが言って、お母《かあ》さんは「じゃあ、お願いするね」ってうなずいた。

「ウッ……ゴホッ、ゴホッ」

すすっていたところてんが、危《あや》うく気管に入りかけて、むせた。むせながら思った。

「夏休みだし、しばらくあたし、夕ごはん作る」

あてねちゃんが、そういう宣言《せんげん》をしたのは初めてだった。


梅雨《つゆ》が明けるのを待っていたかのように、太陽が一気にはりきりだした。

「こっちでこんなに暑いんだから、東京は大変だな」

オリンピックが始まって三日目だった。わたしはまた、お昼ごはんのあと、お父《とう》さんの腰《こし》のマッサージをやっていた。

「でも、水の中は涼《すず》しそうだね」

テレビでは、水泳の競技の様子が流れていた。

「いや、水の中でもかなり汗《あせ》をかいてるらしいぞ。あんなに激《はげ》しく動いてるんだからな。ううっ、うんそこだ、そこ」

お父《とう》さんに「そこだ」って言われて、わたしは腰《こし》をおす親指に、グッと力を加えた。本音を言えば、マッサージするのはけっこうつかれる。お父《とう》さんが、早く「もういい」って言ってくれないかなぁって思いながらやっている。だけどマッサージの時間は、ちょっとずつ長くなってきて、わたしを少しイライラさせた。

「おなかの調子、まだ悪い？」

マッサージしながら聞いてみた。

「うん、まあまあだ」

無理しているってわかった。ここ数日のお父《とう》さんは、あんまりごはんを食べていない。さっきのお昼だって、お母《かあ》さんがにぎった小さなおにぎり一個《こ》と、おみそ汁《しる》だけ。

「お父《とう》さん。晩《ばん》ごはんは、お肉じゃないほうがいいんじゃない？」

あれからあてねちゃんは、毎晩《まいばん》欠かさず夕ごはんを作っている。ユーリンチーの次はチーズ入りハンバーグ、その次はチキン南蛮《なんばん》だった。どれも手がこんでいて、すごくおいしかった。ついつい山盛《やまも》りのごはんを、おかわりしちゃうくらいだった。

でもお父《とう》さんは、ほとんど食べていなかった。冷や奴《やっこ》とか、野菜のおひたしとか、お母《かあ》さんが準備《じゅんび》したおかずを、ちょっとずつ口に運んでいるだけだった。

「わたし、あてねちゃんに、今日《きょう》はお魚にしてって言ってみようか？」

もっとさっぱりしたもののほうがいいんじゃないかと思ってそう言うと、お父《とう》さんが低くつぶやいた。

「岬《みさき》はあの日から、ずっとあてねちゃんって呼《よ》んでるんだな」

あの日って、「あてねちゃんって呼《よ》んで」って命令された日のことだろうか。

「よし、楽になった。ありがとう」

体を起こしたお父《とう》さんは、ポンポンッとわたしの頭に手を乗せた。

「しかし岬《みさき》は、本当になんでもよく観察してるなぁ」

そう言われたのは、二回目だ。ほめられているのかわからないけど、言われると、ポッと心があったかくなる。わたしのこと、ちゃんと見てくれているんだなって感じた。

8 いなくなった、あてねちゃん

八月に入った。いよいよ明日《あした》二日《ふつか》から、ねぶた祭が始まる。

夜の十時過《す》ぎ。わたしはお姉《ねえ》ちゃんとならんで、夕ごはん後の食器《しょっき》洗《あら》いをしていた。

「今夜で富美《とみ》ちゃんの夕食もおしまいか。明日《あした》は、お魚でも焼くかなぁ」

「え。お姉《ねえ》ちゃんが作るの？」

「なによ、岬《みさき》ちゃん。がっかりしたような顔して」

「そ、そんなことないよぉ。だってお姉《ねえ》ちゃん、五人分作るのは無理って……」

「がんばる。しばらくは富美《とみ》ちゃんがねぶたのバイトでいないから、四人分でいいし」

自分をふるいたたせるように、何度もうなずいている。

「今年《ことし》のねぶた、あてねちゃんはいっしょに見に行けないね」

うちは毎年、ねぶたが運行する通り沿《ぞ》いにある、親戚《しんせき》の焼き鳥屋さんの前で見ることになっている。その日は特別、閉店《へいてん》を二時間早め、みんなで出かけるのだ。

「今年《ことし》はねぶた、行けるかなぁ。だってお父《とう》さん、あんまり調子よくないでしょ」

お姉《ねえ》ちゃんが少し暗い声を出した。やっぱりそうか。この前、お母《かあ》さんにも「今年《ことし》は、何日に行くの？」って聞いてみたけど、はっきり答えが返ってこなかった。

両親がなにか問題をかかえていても、それが末っ子のわたしにまで伝わるのは、いつも決まって一番あとだ。今までは、それで疑問《ぎもん》を感じなかった。でも最近は、ちょっと置いていかれてさびしいなって感じるときがある。

「お父《とう》さん、だいじょうぶかな」

わたしが聞くと、お姉《ねえ》ちゃんは「うん。来週、病院に行くって言ってる」って答えてから、いっしゅんお皿を洗《あら》う手を止めた。

「ただの夏バテだといいんだけど」

かたくてしずんだ声だった。


次の日、二日《ふつか》の日曜日は、午前中から一気に気温が上がった。まるで、ねぶたの始まりに合わせるように、太陽もはりきっているみたいだった。

「あれ？」

クーラーボックスをのぞいた要《かなめ》が、首をかしげた。

「お姉《ねえ》ちゃんに見つかって、いつものアイスは、高いからダメって言われちゃった」

亀山《かめやま》さんならいつも、見て見ぬふりをしてくれていたのに。だから今日《きょう》は、抹茶《まっちゃ》あずきのかき氷アイスだった。値段《ねだん》は、高級アイスの半分もしない。

「おれ、今日《きょう》みたいに暑い日は、こっちのほうがいい」

スプーンをザクザクつき立てている表情《ひょうじょう》が、いつもと変わらずうれしそうだった。

子どもか。

「要《かなめ》ってさ、顔より首のほうが、黒いね」

汗《あせ》のつぶが浮《う》いた首すじが、真っ黒だった。

「そりゃそーさ。バイク乗ってるときは、ヘルメットかぶって革《かわ》のツナギ着てるもん。出てるの、首だけ」

「今さら疑問《ぎもん》なんだけど、真夏に革《かわ》のツナギって、暑くないの？」

「暑いよ。でも走ってるときは、そんなこと忘《わす》れてる。ってか、しゃべんなくていいの？　ほら、おれ、もう半分食べちゃったよ」

「わかってる。高級アイスじゃなかったから、少しえんりょしてたんです」

「まじめか」

要《かなめ》がクスッと笑った。

「結局、あてねちゃんは宣言《せんげん》を守って、ちゃんと毎日、夕ごはんを作ったんだ。月曜日は酢豚《すぶた》、火曜日はチキンかつ、水曜日は肉詰《にくづ》めピーマン、木曜日は八宝菜《はっぽうさい》、金曜日はドライカレー、そして昨日《きのう》の土曜日はナスのはさみ揚《あ》げ」

要《かなめ》が小さな声で「おれ、ナスのはさみ揚《あ》げ、すげー好き」ってつぶやいた。

「でもさ、やっぱりへん。なんか、らしくない。夕方どこにも出かけないで家にいて、毎日ちゃんと夕ごはんを作るなんて。レシピどおりに材料をそろえて、調味料もきちんとはかって、盛《も》りつけの彩《いろど》りもよくて。そういうの、あてねちゃんらしくない。あれじゃあ……特別過《す》ぎる」

日曜日の卵焼《たまごや》きや、フライパンをごうかいにゆすって作る焼きそば。目分量の味つけで、パパッと気ままに作る。それが今までのあてねちゃんの料理だった。

アイスの最後のひと口を、ゴクンと飲みほした要《かなめ》が言った。

「岬《みさき》って、あてねちゃんのことになると、いろいろめんどうくさいよな」

「どういうこと？」

「もうアイス食べ終わったから言わせてもらうけどさ。別にいいじゃん、あてねちゃんが特別なことしたって。家の手伝《てつだ》いをしたわけだし、全部、おいしかったんだろ？毎日できたてのナスのはさみ揚《あ》げとか、肉詰《にくづ》めピーマンとか、チキンかつとか、ナスのはさみ揚《あ》げとか食べられて、いったいなにが不満なんだ？」

「ナスのはさみ揚《あ》げ、二回言った」

「いいだろ、好きなんだから」

好きなのか、ナスのはさみ揚《あ》げ。

「こういうの自己主張《じこしゅちょう》っていうんだろ？　岬《みさき》もさ、もっと自己主張《じこしゅちょう》しろよ。なんか思ってることがあるんなら、はっきり言えばいいだろ。あてねちゃん、もうライオンみたいにこわくないんだから」

ライオンみたいにって言葉を聞いて、考えた。わたしが幼《おさな》かったころのあてねちゃんは、『こわい』か『こわくない』かのどちらかで、わたしはおこられないよう、顔色をうかがっていればいいだけだった。でも今はちがう。こわくなくなった分、あてねちゃんは複雑《ふくざつ》になった。なにか別な生き物を、体の中にかくしているように思えた。そしてその生き物は、わたしをたまらなくハラハラさせた。

「かき氷のアイス、とけるのが速かったね」

ボソッとつぶやくと、「この暑さだもんな」って要《かなめ》が答えた。

「麦茶、飲むか？」

要《かなめ》はベンチに置いてあった水筒《すいとう》の麦茶を、ふたのコップに注いで、わたしの横に置いた。自分は、アイスのカップに注いで、ゴクゴクのどをならして飲んだ。

キーンと冷えた麦茶が、おいしかった。

「えらいね。ちゃんと水分補給《ほきゅう》してるんだ」

「だって、テレビのアナウンサーに、毎日うるさく注意されてるもんな」

オリンピックでは、熱戦が続いていた。陸上やテニス、野球やサッカーなんかの屋外競技《きょうぎ》を応援《おうえん》する人は、大変そうだった。熱中症予防《ねっちゅうしょうよぼう》の呼《よ》びかけは、くり返し流れていた。でもこの高温は、東京だけじゃない。まるでオリンピックの熱のように、日本中をすっぽりおおっているようだった。

「ほら、塩アメもあるぞ」

要《かなめ》はポケットから、一個《こ》出して、わたしにくれた。

「あ、もしかしてこれ、うちの店で買った？」

「たぶんね。ねぶたのときに持っていくって、母《かあ》さんが買ってきてた」

確《たし》かこの前、亀山《かめやま》さんが店の棚《たな》にならべていたのが、これだった。「昔は熱中症《ねっちゅうしょう》なんて聞いたごとながったのに。やっぱり温暖化《おんだんか》のせいだべねぇ」って言いながら、ハンドラベラーをガチャガチャ動かし、値段《ねだん》をつけていた。

「しょっぱい」

「塩アメだからな」

「でも、あまーい」

「アメだからな」

あまいのにしょっぱいって、なんかへんな感じだと思った。

「おばさんも、いよいよ今夜から出陣《しゅつじん》だね」

「また今年《ことし》も、父《とう》さんとおれがほっとかれる六日間がやってきたってわけだ。でもいいんだ。父《とう》さんと、オリンピック放送観《み》るから。BMX《ビーエムエックス》ってさ、おもしろいんだぜ」

とたんに表情《ひょうじょう》が変わった要《かなめ》は、興奮《こうふん》したように、そのBMX《ビーエムエックス》とかいう自転車競技《きょうぎ》のかっこよさを話しはじめた。

「BMX《ビーエムエックス》ってさ、アメリカで昔、バイクのモトクロスにあこがれた子どもが、自転車でまねしたのが始まりなんだぜ。アメリカ人の子どもって、やるよな」

要《かなめ》が夢中《むちゅう》になっているものの話は、おもしろかった。説明はわかりやすくて、国語の授業《じゅぎょう》で、しどろもどろしている姿《すがた》とはまったく別のものだった。やっぱりこういうのが、要《かなめ》のステージなんだな。ＢＭＸ《ビーエムエックス》の話が終わると、わたしは聞いた。

「で、要《かなめ》はいつ、ねぶた見に行くの？」

「毎年、全部の大型《おおがた》ねぶたが出る日に行ってるから、たぶんあさって以降《いこう》かな」

ねぶたには、町内会や学校などが手作りした小型《こがた》の『子どもねぶた』と、企業《きぎょう》がお金を出して、ねぶた師《し》と呼《よ》ばれるプロに作ってもらう『大型《おおがた》ねぶた』がある。二十台ほどの大型《おおがた》ねぶたが勢《せい》ぞろいするのは、毎年いつも、祭りの三日目からだった。

「岬《みさき》んちも、行くんだろ？」

「う、うん……」

言葉をにごした。

「あ。そーいえば。祐川《すけがわ》、昨日《きのう》からイタリアに行ったらしいぞ。帰ってくるのは、夏休みの最終週だってさ」

「なんで知ってんの？」

「あのあと、また来たんだ。今度はタイヤがパンクしちゃって。さすがにそれは父《とう》さんが直したけどな」

「へえ」

「オリンピックもねぶたも、祐川《すけがわ》には、ぜーんぜん関係なさそうだなぁ」

要《かなめ》、それって完全にほめ言葉だよ。

「そうだね」

すっかり小さくなった塩アメをころがしながら、わたしは表情《ひょうじょう》を変えずに答えた。


あてねちゃんは、毎晩《まいばん》きっちり十時半前にアルバイトから帰ってきた。すぐにお風《ふ》呂場《ろば》に直行して、「つかれたぁ」って文句《もんく》みたいに言いながら出てきて、ぬれた髪《かみ》をふきながら部屋《へや》に上がっていく。本当はわたし、あてねちゃんからねぶたの様子を聞きたかった。どんなねぶたが出ているのか、要《かなめ》のお母《かあ》さんのお囃《はや》子《し》は見たか、にぎわう街の様子はどうなのか。せめて少しでも、お祭りのにぎやかさに触《ふ》れたかった。でも、毎晩《まいばん》あてねちゃんはすぐに寝《ね》てしまって、つかれているからか、朝ごはんの時間には起きられなくなった。いつものお父《とう》さんなら、なにかひとこと言うところだろうけど、だまったままだった。昼少し前に起きてくると、あてねちゃんは朝と昼がいっしょになったごはんを食べて、一時半には出かけていった。

ねぶたが始まって四日目の水曜日、お父《とう》さんは近所の病院に行った。昼近くに帰ってきたお父《とう》さんは、少しうかない顔だった。

「あさって、県立病院で検査《けんさ》することになった」

「県病で？」

顔をくもらせたお母《かあ》さんは、すぐに「うん、ちゃんと検査《けんさ》してもらったほうが安心だよね」と、自分に言い聞かせるみたいに、明るい声を出した。

でも、そばにいたお姉《ねえ》ちゃんの表情《ひょうじょう》が、見ているこっちが不安になるくらい、暗くて重いものに変わった。わたしは急にオロオロしてきて、音をたてないように階段《かいだん》を上っていった。病院でみてもらって、なんともなかったお父《とう》さんが、「よし、今夜はねぶたを見に行くか」って言ってくれたら、どんなによかっただろう。わたしの気持ちは、水をすったスポンジのように重たくなった。

部屋《へや》に入ろうとしたら、勢《いきお》いよくあてねちゃんの部屋《へや》のドアが開いた。

「やばっ、バイト、遅刻《ちこく》しそうっ」

長い髪《かみ》が、フワッときれいなおだんごになっていた。アルバイトでねぶたの浴衣《ゆかた》を着るから、あてねちゃんは毎日時間をかけて、髪《かみ》の毛をアップにしている。

「あ、あてねちゃん」

声をかけたけど、おそかった。そのうしろ姿《すがた》は、目的の場所に向かって一直線に進んでいった。

この夏の楽しいことは、全部消えてなくなった。あてねちゃんだけ、自分の世界で生きているような感じだった。ずるいと思った。

その日の夜、九時を過《す》ぎたころから雷《かみなり》がなって、とつぜん激《はげ》しい雨が降《ふ》りだした。わたしとお姉《ねえ》ちゃんは、あわてて家中の窓《まど》を閉《し》めてまわった。

お父《とう》さんは、早めに寝《ね》てしまっていた。

「富美《とみ》、きっとひどくぬれて帰ってくるわね。お風呂《ふろ》、わかしなおしてあげといてね」

お母《かあ》さんはお姉《ねえ》ちゃんとわたしにそう言うと、「今夜は、わたしももう寝《ね》るわ」って二階へ上がっていった。ついさっきまで明るくふるまっていたお母《かあ》さんのエンジンは、とつぜん止まってしまったみたいだった。

強い雨の音で、テレビの音も聞こえにくかったけど、わたしもお姉《ねえ》ちゃんも、リモコンに手をのばすこともせず、そのままじっとテレビの前に座《すわ》っていた。

「お姉《ねえ》ちゃん。お父《とう》さん、明日《あした》の朝も仕入れに行くの?」

「うん。あさっての検査《けんさ》の日は仕入れを休むから、明日《あした》は多めに仕入れてくるって」

「体、大変じゃないかな?」

「わからない。でも、お父《とう》さんが運転しなきゃ市場へ行けないし、市場に仕入れに行かなきゃ、うちは店が開《ひら》けないから」

すっかり落ち着いた様子にもどって、そう言ったお姉《ねえ》ちゃんが、大人《おとな》に見えた。

玄関《げんかん》が開く音が聞こえた。あてねちゃんだ。

「あー、ぐっしゃぐしゃ。最悪」

全身から水がしたたるくらいずぶぬれで、玄関《げんかん》からお風呂場《ふろば》まで、水の道ができた。わたしはそのあとを追いかけて、ぞうきんでふいた。

「ありがとう岬《みさき》ちゃん。もう十一時になっちゃうから、寝《ね》ていいよ」

お姉《ねえ》ちゃんに言われて、しぶしぶ二階に上がった。たぶんお姉《ねえ》ちゃんは、お風呂《ふろ》上がりのあてねちゃんに、お父《とう》さんのことを伝える。わたしはそのときの、あてねちゃんの表情《ひょうじょう》が見たかった。どんな顔をするんだろう。びっくりするんだろうか。これまでのことを反省して、落ちこんだりするんだろうか。毎晩《まいばん》作っていたあてねちゃんの料理を、お父《とう》さんはほとんど食べられていなかったことに、やっと気がつくんだろうか。

そんなことを考えながら、わたしはいつの間にか、ねむりに落ちた。

夜中に、フッと目が覚めた。ミシミシという足音が聞こえる。わたしは部屋《へや》のあかりもつけないまま起き上がり、そっとドアを開けた。

「ひゃっ！」

階段《かいだん》を上がってきたばかりのあてねちゃんが、その拍子《ひょうし》に、かかえていたものをバサッと落とした。それは、この前要《かなめ》にもらった、あの塩アメの袋《ふくろ》だった。どうしてこんな夜中に、店から持ってきているんだろう。

「びっくりさせないでよ、岬《みさき》ちゃん」

あてねちゃんは、かくすようにそれをひろって、自分の部屋《へや》に入ろうとした。

わたしは、声をひそめて言った。

「あてねちゃん、お父《とう》さんのこし、聞いた？」

ふりむいた表情《ひょうじょう》は、あてねちゃんの部屋《へや》のあかりの影《かげ》になっていて、見えなかった。

「聞いた。わかってる」

そう静かに答えて、パタンとドアを閉《し》めた。

二日後《ふつか》の金曜日、ねぶた祭の最終日がきた。そして今日《きょう》、お父《とう》さんは、県立病院に検査《けんさ》に行く。あいかわらず朝から暑かったけど、家の中には、ピリッと緊張《きんちょう》した空気が流れていた。みんななんとなく、口数が少なかった。

最終日のねぶた運行は、昼の一時からだ。なので今日《きょう》は、めずらしくあてねちゃんも早起きしていっしょにごはんを食べていた。

「富美《とみ》ちゃん、今日《きょう》は何時に出かけるの？」

「ん？　ああ、十一時」

お姉《ねえ》ちゃんに聞かれたあてねちゃんは、テレビのオリンピックのニュースに目をやりながら答えた。

「もうそろそろ終わりだっけ、オリンピック？」

お母《かあ》さんが聞くと、「あさってが閉会式《へいかいしき》」って即答《そくとう》したのがあてねちゃんだった。

「さあて、じゃあ出かけるかな」

新聞を読んでいたお父《とう》さんが、そう言うと、いっせいにみんな、立ち上がった。

「なんだなんだ、おおげさだなぁ」

くつをはきながら、お父《とう》さんは笑った。はき終わると、お父《とう》さんはわたしに言った。

「岬《みさき》、今年《ことし》はねぶたを見に行けなくて、悪かったな」

わたしは、首をふって「ううん」って答えた。

「じゃあ、行ってくる」

「はい、行ってらっしゃい」

お母《かあ》さんが答えて、すぐにわたしたちも「行ってらっしゃい」って声をかけた。

あてねちゃんだけ、口をキュッとむすんだまま、なにも言わなかった。それはまるで、出てくる言葉を、無理《むり》やり閉《と》じこめているようにも見えた。


十一時にあてねちゃんが出かけてすぐ、病院にいるお父《とう》さんから電話があった。

受話器を持ったお母《かあ》さんの、顔色が変わった。電話が終わると、すがるような目で、お姉《ねえ》ちゃんを見ながら言った。

「もう何日か入院して、検査《けんさ》する必要があるんだって。たぶん、手術《しゅじゅつ》することになるみたい。あ……でもだいじょうぶだから。お父《とう》さんの声、ちゃんと元気だったから」

言葉とは逆《ぎゃく》に、お母《かあ》さんの目がどんどん赤くうるんでいく。

「お母《かあ》さん？」

お姉《ねえ》ちゃんが声をかけると、ハッとしたお母《かあ》さんは、「必要なもの、病院に持っていかなきゃ。光希《みつき》、ちょっと手伝《てつだ》ってちょうだい」って、あわただしく入院の準備《じゅんび》を始めた。三十分くらいで準備《じゅんび》を終えると、お母《かあ》さんはタクシーに乗って、病院に向かった。お姉《ねえ》ちゃんは店の前に立ったまま、しばらくじっと、タクシーのうしろ姿《すがた》を見送っていた。

さっき入院の準備《じゅんび》をしているとき、お母《かあ》さんとお姉《ねえ》ちゃんは、小さな声でなにかしゃべっていた。いつもみたいに、それがわたしに伝わるのは、たぶん一番あとだ。

夕方になっても、お母《かあ》さんはなかなか帰ってこなかった。店は、パートさんもいたし、亀山《かめやま》さんも特別おそくまで残ってくれていた。だけど、お父《とう》さんとお母《かあ》さんがいない店は、なんだかスカスカして広かった。わたしは店の中をウロウロしながら、せめて早く、あてねちゃんが帰ってきてくれないかなと願った。

七時を過《す》ぎたら、ドーンという音が聞こえてきた。

「花火、始まったね」

レジに立っていたお姉《ねえ》ちゃんが、つぶやいた。ねぶた最終日の花火大会。商店街のわきの国道をわたれば、すぐそこが海沿《うみぞ》いの公園で、毎年欠かさず、そこで花火を見ていた。この街の人たちは、この花火を見上げて、祭りの終わりを実感する。

ねぶたも花火も見ない夏休みなんて、初めてだった。ふと、オリンピックもねぶたも関係ない紗奈《さな》ちゃんのことを思った。似《に》ているようで、まったくちがう。だって紗《さ》奈《な》ちゃんは今、イタリアにいるんだもん。こういうの、天国と地獄《じごく》っていうんだろうな。

いつもならワクワクする花火の音が、今年《ことし》はまったく別なものに聞こえた。あてねちゃん、早く帰ってきて。お父《とう》さん、入院しちゃったんだよ。

お母《かあ》さんは、店を閉《し》める直前に帰ってきた。

「富美《とみ》、まだなの？　なにやってるのかしら、あの子ったら」

お姉《ねえ》ちゃんがスマホで「何時に帰るの？」ってメールを出しても、返事はこない。九時半ごろまで待って、お母《かあ》さんは真緒《まお》ちゃんの家に電話してみた。でも真緒《まお》ちゃんは、「今日《きょう》はバイトが終わってから別々に帰ったの。富美《とみ》ちゃん、どこに寄《よ》るとも話してなかったし、行ってそうな場所はわからない」と答えた。

急に胸《むね》がさわいだ。もしかして……。

わたしは階段《かいだん》をかけ上がって、あてねちゃんの部屋《へや》に行き、押《お》し入れを開けた。

ない！　ない、ない！　心臓《しんぞう》の音が、頭の中で大きくなりひびく。

どこをさがしても、あのリュックは見つからなくて、部屋《へや》を出ようとしたとき、机《つくえ》の上に、五センチ四方の黄色いふせんがはってあるのに気がついた。

ちょっとだけ、東京に行ってきます。
お盆《ぼん》くらいまでには帰ります。
心配しないでください。　富美《とみ》

おとといの夜のことが頭に浮《う》かんだ。

「お父《とう》さんのこと、聞いた？」

「聞いた。わかってる」

でもあてねちゃんは、ちっともわかってなんかいなかった。

9 若子《わかこ》さんの話

黄色のふせんを見せると、お母《かあ》さんとお姉《ねえ》ちゃんは、「えっ」と声を上げ、しばらくなにも言えなくなった。

「よりによって、こんなときに……」

お母《かあ》さんがしぼり出すような声で言い、お姉《ねえ》ちゃんは、オロオロして動きまわった。

「お母《かあ》さん、こういうときって、どうしたらいいの？」

「そうね。行き先はわかっているとはいえ、なにかあってからじゃ……」

じっと考えこんでいたお母《かあ》さんは、大きくため息をついて立ち上がった。

「しょうがないわね。やっぱり、晴信《はるのぶ》さんに連絡《れんらく》してみるわ」

晴信《はるのぶ》さん？　それはダメだ。

「待ってお母《かあ》さんっ！」

わたしは電話の前に立ちはだかった。

「それはやめて」

晴信《はるのぶ》さんとは、お父《とう》さんのいとこで、警察官《けいさつかん》をしているおじさんだ。あてねちゃんは、昔から晴信《はるのぶ》おじさんのことが、大きらいだった。それは、なにかにつけて、あてねちゃんをお姉《ねえ》ちゃんと比《くら》べたからだ。「なんだ富美《とみ》ちゃん、もっと光希《みつき》ちゃんみたいに、手伝《てつだ》いしねばだめだべさ」「富美《とみ》ちゃんももう中学生だはんで、光希《みつき》ちゃんみたいに、もっと勉強しねばな」言われるたび、ギュッとくちびるをかみしめたあてねちゃんは、プイとその場からいなくなった。そのとばっちりは、わたしに向けられることが多かったけど、わたしだって思った。晴信《はるのぶ》おじさんの言い方は、いやな感じがするって。

「お願い。あてねちゃんは、ちゃんと無事に帰ってくるから」

わたしが大きく両手を広げて電話をかくすと、お母《かあ》さんは言った。

「岬《みさき》。東京で一人《ひとり》、女の子がウロウロしてたら、どんな事件《じけん》に巻《ま》きこまれるかわからないのよ。無事に帰ってくるなんて保証《ほしょう》は、どこにもないの。それが心配だから、専門《せんもん》の人にお願いしなきゃ」

「わたしが保証《ほしょう》する!」

さけぶように言った。

「わたしは、生まれてからずっとあてねちゃんのことを見てきた。なにがいやで、どんなことをしたら不機嫌《ふきげん》になるのか、全部わかる。このまま待ってたら、そこに書いてあるように、ちゃんと帰ってくるはず。でも晴信《はるのぶ》おじさんに連絡《れんらく》したってわかったら、あてねちゃんはすごく傷《きず》つく。そして、もっとずっと、大変なことになる」

必死だった。

「お母《かあ》さん、なんだかわたしもそう思う」

お姉《ねえ》ちゃんも、わたしの横に立った。

「大学の先輩《せんぱい》から聞いたことがあるの。そういう届《とど》けを出しても、警察《けいさつ》は事件性《じけんせい》がないとすぐには捜索《そうさく》してくれないんだって。だからもう少し、考えよう。ねっ」

するとお母《かあ》さんは、フッと悲しそうな表情《ひょうじょう》になった。

「ずっと富美《とみ》のことを見てきたのは、もちろんお母《かあ》さんも同じよ。親だもの。でも小学生の岬《みさき》に、そんなことを言われちゃうなんて……」

そしてぺたんと座《すわ》りこむと、天井《てんじょう》をあおぐようにして、長いため息をついた。

「お母《かあ》さん、お父《とう》さんのこともあって、急に心細くなったのよ。そうね、とりあえず、事故《じこ》や誘拐《ゆうかい》なんかじゃなくて、安心したわ」

「とにかくわたし、富美《とみ》ちゃんに、何度もメールしてみる。お父《とう》さんの病状《びょうじょう》、みんなすごく心配してること。そして、警察《けいさつ》に届《とど》けなんかは出さないから、一刻《いっこく》も早く帰ってきなさいって。返事はこなくても、読んではいるだろうから」

ひとつひとつ、確認《かくにん》するように話すお姉《ねえ》ちゃんの声に、お母《かあ》さんもわたしもうんうんうなずいた。

時計《とけい》の針《はり》はもう十一時をまわっていた。

「あなたたちは、もう寝《ね》なさい」

「お母《かあ》さんは？」

「うん、もう少ししたら休むから」

そう言ったお母《かあ》さんは、ずっと手に持ったままのふせんを見ながらつぶやいた。

「あんなにアルバイトをしたがったのは、このためだったのね。はりきって夕食を作ってくれたのも、そのため？　だとしたら、ちょっと悲しいわね」

うしろ姿《すがた》が弱々しく見えた。


部屋《へや》に入ろうとしたら、お姉《ねえ》ちゃんがわたしに言った。

「岬《みさき》ちゃんより、わたしのほうが四年長いのにね」

「なにが？」

「富美《とみ》ちゃんを見てきた時間。でも、いつの間にか、おいこされちゃったみたい」

そんなことないってつもりで、ブルンブルン首をふった。声を出したら、泣き声になりそうだった。でもなみだがどんどん流れ出た。

「岬《みさき》ちゃん……」

お姉《ねえ》ちゃんが、ギュッとわたしをだきよせた。

「今日《きょう》一日で、いろんなことがあって、おどろいたね」

お姉《ねえ》ちゃんもなみだ声だった。でもごめん、そうじゃない。泣いているのは、自分が取り返しのつかないことをしてしまったって、わかったからだ。どうして、あのリュックのことを家族に伝えなかったんだろう。口に出したら本当になりそうだなんて思っていないで、ちゃんと伝えるべきだった。だからこうなった。だからわたしのせいだ。

部屋《へや》に入ってあかりをつけたら、ぬいぐるみの横に置いてあったブルーの缶《かん》に目がいった。ツヤツヤの光沢《こうたく》が、心にささった。そこだけ浮《う》かれているみたいだった。乱《らん》暴《ぼう》につかんで、そのままあてねちゃんの部屋《へや》へ行き、ドアを開け、真っ暗な空間めがけて投げつけた。ボコッとなにかにぶつかって、床《ゆか》をころがる音がした。

布団《ふとん》に横になって、最近のあてねちゃんの様子をくり返し思い返した。名前のことで文句《もんく》を言ったこと、アルバイトのオッケーをもらうため『反省』って言葉を口にしたこと、まるでご機嫌《きげん》を取るかのように夕ごはんを作り続けたこと。それらが頭の中に、チリのようにたまっていって、少しねむけを感じはじめたころ、フッと頭に浮《う》かび上がったのは、若子《わかこ》さんのことだった。


次の日の朝、朝ごはんを食べたあと、わたしはこっそり家を出た。

昔、幼稚園《ようちえん》の前から脱走《だっそう》したあてねちゃんは、若子《わかこ》さんの店にいた。今も、東京なんかじゃなく、若子《わかこ》さんのところにいるんじゃないだろうか。もしかしたらぼみたいに、わたしたちが心配する姿《すがた》を、楽しんでいるんじゃないだろうか。かくれんそう考えたわたしの足は、いつの間にか小走りになって、でも若子《わかこ》さんの化粧品《けしょうひん》店《てん》が見えたところで、ピタッと動かなくなった。シャッターはまだ閉《と》じたままだった。店が開くまでには、まだしばらくあるって、今になってやっと気がついた。

若子《わかこ》さんって、小さいころから苦手だった。いつもきれいにし過《す》ぎているからだ。何歳《なんさい》のころだったろう。うちに買い物に来た若子《わかこ》さんが、お母《かあ》さんとならんで話している姿《すがた》を見て、つい大きな声で言っちゃったことがあった。

「お母《かあ》さんのエプロン、汚《よご》れてるぅ」

シミだらけのエプロンが、はずかしかった。はずかしくって、だれかに言われる前に言わなくちゃって思った。言われたお母《かあ》さんは、いっしゅん顔をくもらせて、

「あ、ほんとだ」って苦笑いした。そのときのわたしは、お母《かあ》さんにそんな顔をさせたのは、着飾《きかざ》った若子《わかこ》さんのせいだって思った。

うしろから急に、ポンと肩《かた》をたたかれた。

「なにしてんの？」

首にタオルを巻《ま》き、顔中汗《あせ》だらけにした要《かなめ》が、ハアハア言って立っていた。

わたしと要《かなめ》は、すぐ近くの神社まで行き、太い桜《さくら》の木の下にしゃがんだ。

「レーサーには体力が必要だからな。朝、走ってるんだ。で、岬《みさき》はどうしたわけ？」

わたしは、ポケットから、クシャクシャになったふせんを出して見せた。

「え！　これって、家出？」

「要《かなめ》、声が大きいよ」

「やるなぁ、あてねちゃん」

わたしは前に「昨日《きのう》、見てはいけないものを」と言いかけたときの、リュックの話を打ちあけた。そしてそれからずっと、こういう日が来るんじゃないかとおびえていたことも。そしてさっきあんなところに立っていたのは、若子《わかこ》さんなら、なにか知っているんじゃないかって気づいたからだということも。

「あのリュックのことは、わたし、だれにも言わなかった。だから、わたしのせい」

「気にすんな、そんなこと」

「それにね……」

ジジーッって、セミが一匹《ぴき》なきだした。

「うちのお父《とう》さん、昨日《きのう》、入院しちゃったの。手術《しゅじゅつ》しなきゃいけないんだって」

「え……マジ？」

「悪い病気だったら、どうしよう」

要《かなめ》がとつぜん、わたしの顔にタオルをギュッとおし当てた。

「泣くな」

ウィーンミンミンミーン

頭の上で、今度はいっせいになきだした。

「セミもなくなっ」

要《かなめ》がどなって、それでもミーンミンって音は、シャワーのように降《ふ》り注いだ。

しばらくすると、要《かなめ》がスッと立ち上がって言った。

「若子《わかこ》さんの店、もう開いてるころだな。行くぞ」

要《かなめ》はさっさと歩き出し、わたしはあわててあとを追った。


「おはよーございまーす！」

ガラスのドアをおし開けて、要《かなめ》はまるで、自分の家みたいな気安さで入っていった。

この店、久《ひさ》しぶりに入った。ガラスケースと棚《たな》には、きれいなビンや小さな箱がたくさんならんでいた。あいかわらずいいにおい。あてねちゃんの部屋《へや》と同じだ。

「あら、要《かなめ》くんじゃない。どした？」

奥《おく》から出てきた若子《わかこ》さんは、いつものようにきれいにお化粧《けしょう》をしていて、くちびるがツヤツヤ光っていた。茶色い髪《かみ》をひとつにしばり、ノースリーブの白いT《ティー》シャツに、ふんわりした黒いスカート。これは絶対《ぜったい》、あてねちゃんが好きそうなスカートだなって思った。

「おはようございます」

わたしはえんりょがちに、要《かなめ》のうしろから顔を出した。

「まあ、岬《みさき》ちゃんまで。めずらしいわね」

そう言った顔がふつうだったから、ああ、あてねちゃんはここにはいないってすぐにわかった。

「若子《わかこ》さん、岬《みさき》んちのあてね、いや、富美《とみ》ちゃんが東京に行っちゃったんだ。知ってる？」

要《かなめ》はこういうとき、おどろくほどストレートだ。

「あら？」

カラッとした声で言った若子《わかこ》さんは、少し悩《なや》んだような表情《ひょうじょう》をしてから、「二人《ふたり》とも、こっちに座《すわ》んなさい」って、店のすみのソファを指さした。

「おいしいクッキーがあるけど、食べる？」

「おれ、それよか、なんか飲みたい。走ってきて、汗《あせ》かいちゃったから」

「ちょっと、要《かなめ》ったら」

わたしがひじでつつくと、若《わか》子《こ》さんは「オッケー、ちょっと待っててね」ってうれしそうに奥《おく》に入っていった。そして五分もしないうちに、氷とコーラがたっぷり入ったコップをふたつ持って、もどってきた。

「はいどうぞ。ほらあたし、子どもがいないでしょ。だからこうやってあまえられると、悪い気はしないのよ」

「でしょ？　じゃあ、いっただきまーす」

要《かなめ》はそう言って、出されたコーラを一気に飲みほした。

若《わか》子《こ》さんが、わたしを見た。

「ねえ。ずっと前から聞いてみたかったことがあるの。岬《みさき》ちゃんて、富《と》美《み》ちゃんのこと、ずっと『あてねちゃん』って呼《よ》んでるんでしょ。なぜ？」

とまどった。

「えっと……小さいころ、そう呼《よ》べって言われたから」

「うん、聞いてる。でもなんで、それを今でもずっと、守ってるの？」

なぜだろう。そういえばこの前、お父《とう》さんも似《に》たようなこと、言ってたっけ。

「あの……そのことが、あてねらゃんが東京に行ったことと、なにか関係があるんですか？」

「まさか。ただあたしが、聞いてみたいなって思っただけ」

若子《わかこ》さんが楽しそうにフフッと笑うと、ちょっとしびれを切らしたように要《かなめ》が言った。

「ねえ若子《わかこ》さん。若子《わかこ》さんは知ってたの？　富美《とみ》ちゃんの家出のこと」

すると若子《わかこ》さんは、苦いものでも飲みこんだような顔をした。

「家出か。なんかいやなひびきね、その言葉。ねえ岬《みさき》ちゃん、富美《とみ》ちゃんは、手紙かなんか置いていかなかったの？」

わたしは、あのふせんを見せた。

「ほらね、書いてあるじゃない。ちょっとだけ、東京に行ってきますって。あの子は、ちょっと東京をのぞきに行った、それだけのことなのよ」

でもそう言ってから、ヒュッと肩《かた》をすくめた。

「なーんて言い方したら、しかられちゃうわね。岬《みさき》ちゃんのご両親に」

立ち上がった若子《わかこ》さんは、「今日《きょう》も暑くなりそうね」って言いながら、窓《まど》を閉《し》めてエアコンのスイッチを入れた。そしてまたもどってくると、少ししんみりした表情《ひょうじょう》で「あのね……」って話しはじめた。

「この商店街でこの店をやりはじめたころの話。近所のスーパーに初めて買い物に行ったら、五、六歳《さい》くらいの女の子が、口をものすごくとがらせた顔で立ってたの。ふたつにゆった髪《かみ》のかたほうが、取れてしまったのね。手にかざりのついたゴムを持ってて、その子は、赤ちゃんをおぶって店の中を走り回るお母《かあ》さんらしき女の人に、何度も『まだ?』ってさいそくしてた。あたしが近寄《ちかよ》って、『髪《かみ》、ゆってあげようか?』って声をかけても、『いい』って首をふったわ。店はちょうどお客さんでたてこんでて、なかなか髪《かみ》はゆってもらえなかった。そしたらね、その子はもうかたほうのゴムもはずしちゃって、『こっちも取れちゃった!　お母《かあ》さん、早くゆって!』って大声でさけんだ。それでも髪《かみ》はゆってもらえない。お母《かあ》さん、とってもいそがしそうだったから。それでとうとうその子、どうしたと思う？　そばにあった売り物の豆《とう》腐《ふ》のパックを、両手に一個《こ》ずつ持って、思いっきり床《ゆか》にたたきつけたのよ」

　あてねちゃんのことだ。

「あまりにごうかいで、見てて、気持ちがすっきりしたわ」

　若子《わかこ》さんはクスクス笑った。

「そのあとすぐに、あの子が三人姉妹《しまい》の真ん中って聞いてね、すごく納得《なっとく》した。あたしと同じだったから。似《に》てるって思った。だからそれから少しして、商店街を歩いているのを見かけたときに、声をかけたの。それからね、富美《とみ》ちゃんがひんぱんにここに来るようになったのは」

　そうだったんだ。

「あたし、ここよりもずっと南の土地で生まれたのよ。そこで四歳《さい》年上の姉と、二歳《さい》年下の妹にはさまれて育った。二人《ふたり》とも、両親の言うことをきちんと守る、教科書みたいな女の子でね。だから、親からはよく言われたわ。どうしておまえはそうなんだって。そしてそのあと、家を飛び出して、東京に行って、神戸にも住んで、そこで知り合ったアメリカ人と結婚《けっこん》して、とうとうアメリカのニューオリンズまで行っちゃった。で、今はこーんな北の街まで来ちゃってるんだけどね。もう何年も、自分の生まれた土地には帰っていないわ」

若子《わかこ》さんはフーッと長い息をはいた。

「と、まあ、こんなたいくつな話をね、小さなころから富美《とみ》ちゃんは、なにがおもしろいんだか、ずーっとだまって聞いてくれてたのよ」

それは、わたしの知らないあてねちゃんの姿《すがた》だった。

「富美《とみ》ちゃんが一番おもしろがったのは、アメリカの話ね。目を輝《かがや》かせて聞いていたわ。そのうちに、あたしにも英語を教えて、しゃべれるようになりたいのって」

聞いていて、思い出したことがあった。前にテレビで、オリンピックの選手村がうつったとき、あてねちゃんは言った。「あたしの英語も通じるかな」って。あれは思いつきじゃなく、真剣《しんけん》な気持ちから出た言葉だったんだ。

若子《わかこ》さんは、わたしの肩《かた》にうでをまわして、すごくおだやかな顔でほほえんだ。

「だいじょうぶ、数日でちゃんと帰ってくるわよ。あーあ、あたしの妹も、岬《みさき》ちゃんみたいに素直《すなお》だったらなぁ。十五年前にアメリカからもどってきたあの日、たぶんまっすぐ、ふるさとに帰ったんだろうな、あたし」

そしてポンポンと、わたしの頭に手を乗せた。

「よし！　じゃあ、岬《みさき》ちゃんちにあやまりに行くとしますか」

そう言って立ち上がると、若子《わかこ》さんはアメリカ人みたいな発音で「Alright, let's go!」ってさけびながら、片手《かたて》をふり上げた。

わたしは若子《わかこ》さんといっしょに家にもどった。うちの店に入るなり、若子《わかこ》さんはすぐにお母《かあ》さんの手をにぎって「ごめんなさい」って頭を下げた。そして、少しあっけに取られているお母《かあ》さんに向かって、しっかりとした口調で、ひとつずつていねいに説明していった。

こうなったのは自分にも責任《せきにん》があると思っていること。でも、東京での宿は、自分の知り合いがやっている、外国人専用《せんよう》の小さなホテルだから安心してもらってよいこと。街でだれかから声をかけられても、絶対《ぜったい》についていくなと注意してあること。夜は八時までにホテルにもどり、治安が悪そうなところには、近づかないよう念をおしてあること。お金は、ねぶたのバイト料を多めにはらっているから心配ないこと。

キョトンとして聞いていたお母《かあ》さんは、どんどんほっとした表情《ひょうじょう》に変わっていき、最後にこう聞いた。

「若子《わかこ》さん、そしてあの子は、ちゃんと帰ってくるのかしら?」

「Of course!」

つきぬける青空みたいな声だった。


「岬《みさき》ちゃんったら、いないと思ってたら、若子《わかこ》さんの店に行ってたのね」

お姉《ねえ》ちゃんが、またおいこされたわと言いたげな顔でわたしに言った。

安心して、ぐったり座《すわ》りこんだお母《かあ》さんは、「ありがとう、岬《みさき》。やっぱり富美《とみ》のこと、一番よく見てたのは、岬《みさき》だったわね。今ならお母《かあ》さんも、あの子はちゃんと無事に帰ってくるって気がするわ」って力なくほほえんだ。

「でも決めた。こんなときだけど、お父《とう》さんにはちゃんと話します。手術《しゅじゅつ》前だから、本当はあまり心配かけたくないけど、病気だからって、家族の一大事を知らないでいるほうが、きっとお父《とう》さんはショックだと思う」

お母《かあ》さんは、きっぱり言い切った。

いろんなことがあり過《す》ぎると、時間の感覚って、あやふやになるんだってわかった。検査《けんさ》の結果、お父《とう》さんは大腸《だいちょう》ガンだってわかった。お母《かあ》さんからそれを聞いたとき、『ガン』っていう言葉に、いっしゅん目の前が真っ暗になった。

「でもね、担当《たんとう》の先生はこう言った。悪いところを取ってしまえば、大腸《だいちょう》ガンは治る病気ですって。頼《たの》もしいわよね。お父《とう》さんといっしょにその言葉を聞いたしゅんかんから、二人《ふたり》とも、なんていうか……体の底から力がわいた」

お母《かあ》さんはそう言って、笑顔《えがお》を見せた。検査《けんさ》入院から、そのまま本格的《ほんかくてき》な入院になり、手術《しゅじゅつ》はお盆《ぼん》明けの十七日に決まった。

あてねちゃんのことを伝えられたお父《とう》さんは、「こまったやつだ」ってつぶやいてから、「こんなんじゃ、病気に負けてなんていられないな」って、力のこもった目でわたしたちを見た。

お父《とう》さんがいないと仕入れにも行けないからと、しばらくの間、閉店《へいてん》することを考えていたら、「朝のトラックの運転だば、うちの父《とう》ちゃんさやらせるよ。大工の棟梁《とうりょう》ば息子《むすこ》さゆずって、ひましてるはんで」って亀山《かめやま》さんが胸《むね》をたたいた。お母《かあ》さんはそのとき、初めてわたしたちの前で、ポロポロ大つぶのなみだを流した。

お姉《ねえ》ちゃんは、八月後半から予定していたアルバイトも、サークルの合宿もキャンセルした。そして、夏休み明けの試験ギリギリまでこっちにいるからって、教科書なんかを取りに、往復《おうふく》五時間かけて、日帰りで仙台《せんだい》に行ってきた。

お姉《ねえ》ちゃんはあてねちゃんに、一日に何度も、しつこいくらいにメールを出した。でも、返事はなかった。もちろん、お父《とう》さんが大腸《だいちょう》ガンで、もうすぐ手術《しゅじゅつ》するってことは伝わっているはずだった。

それが、ねぶた最終日から五日間の間に、起きた出来事だった。もはや、どれが最初で、どれがその次に起きたことなのかは、覚えていない。

にぎやかだった東京オリンピックは、いつの間にか終わってしまっていた。

10 わたしのヒーロー

いろんなことが立て続けに起きていても、毎晩《まいばん》、夜は静かにやってきた。気がついたら、チチチチという虫の声も聞こえている。

あかりを消して布団《ふとん》に横になると、必ず思い出すのは、若子《わかこ》さんの言葉だった。

「あの子が三人姉妹《しまい》の真ん中って聞いてね、すごく納得《なっとく》した。あたしと同じ、似《に》てるって思った」

若子《わかこ》さんの目から見たあてねちゃんは、わたしの中のあてねちゃんとは、少しちがっていた。太陽みたいなオレンジ色を、さっそうと着こなす姿《すがた》ばかりじゃない。光が当たっていない部分があった。あてねちゃんの不満の正体は、光希《みつき》・富美《とみ》・岬《みさき》っていう順番のせいだったんだろうか？　だとしたらそれは、どんなことをしたって、一生変わることはない。

若子《わかこ》さんの店に行ってから、要《かなめ》は毎日欠かさず、うちの店に買い物に来た。今回のさわぎで、いろんなことの記憶《きおく》があやふやになったけど、なぜか要《かなめ》が買っていったものだけは、ちゃんと覚えていた。土曜日はペットボトルのジュースで、日曜日は納豆《なっとう》と卵《たまご》、月曜日はナスとひき肉で、火曜日はスイカ、水曜日はガムを一個《こ》だけだった。

「帰ってきたか？」

そのたびに、要《かなめ》はこう聞いた。わたしが「ううん、まだ」って答えると、「そっか。じゃあ、またな」ってレジ袋《ぶくろ》をぶらさげて、帰っていく。

そして今日《きょう》も、要《かなめ》はやってきた。今日《きょう》十三日は、お盆《ぼん》の入り。うちみたいな小さなスーパーでも、お盆《ぼん》はそれなりにいそがしい。わたしは店の奥《おく》で、きゅうりを三本ずつ、袋《ふくろ》に入れているところだった。

「おまえ、クマになってんぞ」

なんでわたしが熊《くま》なんだ？

「目の下にクマができてる。ちゃんと寝《ね》てんのか？　髪《かみ》の毛もぼっさぼさじゃん。この前みたいに、ワックスとかつけたらいいじゃん」

いいや。あれはもうすてた。

「クマでもぼっさぼさでも、もういい」

つい、放り出すみたいな言い方をしてしまった。そしたら急に、要《かなめ》が顔色を変えた。

「岬《みさき》、ちょっとおれんちに来い」

見たこともない、おっかない顔になっていた。

「今は無理、いそがしい」

「じゃあ、もう少したってからでいいから、必ず来い」

そう言うと、アイスの冷凍庫《れいとうこ》に近づき、レジでお金をはらって帰っていった。

午後の二時を過《す》ぎたあたりから、急に店のお客さんがとだえた。わたしは、クマとぼっさぼさのまま、言われたとおり要《かなめ》の庭に行った。

「あ、ちょっと待ってろよな。帰んなよっ」

さっきのおっかない顔は消えていたけど、わたしを見るなり、あわてたように家の中へ入っていった。そして、十分くらいしてもどってきた要《かなめ》は、フルフェイスのヘルメットをかぶり、バイク用の革《かわ》のツナギを着て、手にはグローブまではめていた。

「な、なんで？」

ヘルメットは、黒とブルー。革《かわ》のツナギは、白地にオレンジと黒のライン入り。グローブは赤だった。

「暑く、ない？」

着ているところを見るのは初めてだ。仁王《におう》立ちになったシルエットが、ちょっとごつい宇宙人《うちゅうじん》みたいだった。

ヘルメットごしに、要《かなめ》が言った。

「岬《みさき》。これを食べてる間は、だまっておれの話を聞け」

出されたものは、棒《ぼう》つきのガリガリアイスだった。さっき買っていったのは、これか。

「カップに入ったやつを買いたかったけど、ポケットに七十二円しか入ってなかった」

いばったように言い、グイとわたしの顔の前につきつける。

しかたなく、袋《ふくろ》をやぶってペロペロなめた。

「いいか、一度しか言わないからな」

ソーダの味が、すっぱかった。

「おれ、前からずっと思ってた。岬《みさき》は、いつも見てる側なんだ。だれかがなにかをするのを、一歩下がってうしろから見てる。そういうの、別に悪いことじゃないけど、なんていうか、しなくてもいいえんりょをしてるっていうか、わざと自分だけ、奥《おく》にひっこんじゃうっていうか……」

ガリッとかじったら、中からバニラアイスが出てきてあまかった。

「あてねちゃんのことだって、そうだ。すごくびっくりするくらい、よく見てた。おれ、すごく不思議だったんだ。それはなんでだ？　きらいだからか？　ずっとこわい姉《ねえ》ちゃんだったからか?」

かじるのをやめた。

「そうじゃないよな? だっておまえ、あてねちゃんがいなくなったこと、自分の責《せき》任《にん》だって思ってるだろ。そんな、これっぽっちも思わなくてもいいこと、ずっとうじうじ考えてるんだろ?」

ぶつかってくる声が熱い。

「ライオンみたいにこわくったって、大好きなんだろ? 心配なんだろ? だったら、なにえんりょしてんだよ。言いたいことがあったら、はっきり言えよっ!」

アイスを持った指先に、ポトッとソーダ色のしずくが落ちた。

「岬《みさき》……食べるのおせーよ」

顔を上げると、ヘルメットの中の顔が汗《あせ》だくだった。

「プハーッ、あっちー」

ヘルメットをはずし、ツナギの上半身をぬいだ要《かなめ》は、乱暴《らんぼう》にタオルで顔をふいて、水筒《すいとう》の麦茶をガブガブ飲んだ。

「ダメだ。やっぱ、バイクに乗ってないと、さまになんねぇ」

背中《せなか》を丸め、ブツブツ言っている要《かなめ》は、しばらくわたしと視線《しせん》を合わそうとはしなかった。

「ありがとね」

ちゃんと伝わったよ。たったこれだけのことを言うために、わざわざ勝負服に身を包んだ要《かなめ》の気持ちが、心にしみた。


その二日《ふつか》後の八月十五日。午前十時を少し過《す》ぎたころ、あてねちゃんは帰ってきた。

玄関《げんかん》が開いた音がしたから走っていくと、ぐったりしたようなあてねちゃんが立っていた。自慢《じまん》のストレートヘアは乱《みだ》れ、顔のところどころには、赤いニキビができていた。

最初の言葉が、「おなか、痛《いた》い」だった。生理痛《せいりつう》だ。

玄関《げんかん》にリュックをすてるようにトろし、居間《いま》の薬箱から鎮痛剤《ちんつうざい》を出すと、台所に行って、乱暴《らんぼう》に蛇口《じゃぐち》をひねった。あふれるくらいにコップに水を入れ、それでゴクンと鎮痛剤《ちんつうざい》を流しこむ。次に冷蔵庫《れいぞうこ》のドアを開け、「オレンジジュースか」ってちょっと不満そうにつぶやき、となりの食器棚《しょっきだな》からまた一個《こ》コップを出して注ぐと、半分飲んでテーブルに置いた。

「いたたっ……」

急におなかをおさえて身をかがめ、そばで見ているわたしには目もくれないで、トイレに入ってバタンとドアを閉《し》めた。

流しに置きっぱなしのコップ。

そのわきに放りっぱなしの、鎮痛剤《ちんつうざい》のプラスチックのから。

テーブルの上に出しっぱなしのジュースのペットボトルと、飲みかけのコップ。

その三つで、わたしの中のなにかがキレた。

気がつくと、大股《おおまた》でトイレの前まで歩いていって、どなっていた。

「なにやってんのよっ！」

出したことないくらい、乱暴《らんぼう》な声だった。

「ゴミくらいすてなさいよっ。使ったコップくらい、ちゃんと洗《あら》いなさいよっ」

そして思いっきり強く、ドアをたたいた。

ドアの向こうの、ガサガサッていう音が、ピタッと止まった。

「なんなのよっ！　久《ひさ》しぶりに帰ってきたっていうのに、『ただいま』くらい言えないの？　昔っから、ずーっとこうでしょ？　いったいいつまでサボるつもり？　なにが不満なの？　なににイラついてんの？」

店にいたお母《かあ》さんとお姉《ねえ》ちゃんが、いつの間にか、おどろいた顔ですぐそばに立っていた。お母《かあ》さんは「富美《とみ》なのね？」って小さくつぶやいた。

「でも、あてねちゃんだって、わかってんでしょ？　がまんしてんのは、こっちもなんだ。みんな、あてねちゃんにえんりょしてんだっ。そういうことわかってて、サボったり、いなくなったり……」

そのとき、熱くなった脳《のう》ミソの真ん中が、スーッと氷をあてられたみたいに、クリアになった。

「そんなのはすごくかっこ悪い。そんなのは、あてねちゃんらしくないっ！」

伝えなきゃいけない言葉は、これだった。

ジャーッと水を流す音が聞こえて、ギイッとドアが開いた。

「あたしらしくないって、じゃあ、どんなのがあたしらしいっていうのよ？」

まっすぐ立ったあてねちゃんが、真正面からわたしをにらんでた。

「待っててっ！」

わたしは走って階段《かいだん》をかけ上がり、自分の部屋《へや》の机《つくえ》の引き出しからあれを出して、すぐにもどってきた。お母《かあ》さんもお姉《ねえ》ちゃんも、まるで魔法《まほう》にかけられたみたいに、その場に立ちすくんでいる。

「ほらっ！」

わたしは持ってきたものを、あてねちゃんの目の前につきつけた。

「どんなのがあてねちゃんらしいかって？　決まってるじゃん。わたしが幼稚園《ようちえん》のとき、紗奈《さな》ちゃんからこれを取り返してくれた、あてねちゃんだよっ！」

魔女《まじょ》ラグのキーホルダーだった。

あの日、あてねちゃんにダメって止められたけど、わたしは次の日、こっそりこれを幼稚園《ようちえん》バッグに入れて持っていった。

園に着くとすぐ、手に持って、みんなが遊んでいるプレイルームに行った。

一人《ひとり》の女の子が、スッとよってきた。

となりのクラスの、紗奈《さな》ちゃんだった。一度も話したことはなかったけど、お人形さんみたいにかわいいな、っていつも見ていた。家が大きな歯医者さんだってことは知っていた。紗奈《さな》ちゃんは、当たり前みたいに言った。

「魔女《まじょ》ラグだ。それ、ちょうだい」

え、ちょうだい？

次のしゅんかん、紗奈《さな》ちゃんは迷《まよ》いもせずに、わたしの手からサッとキーホルダーを取った。少し強い力で引っぱられた余韻《よいん》が、はっきり指先に残っていた。

信じられなかった。ピョンピョンうれしそうに走っていなくなる紗奈《さな》ちゃんのうしろ姿《すがた》を見ながら、わたしはしばらく、その場から動けなくなった。悲しいとか、くやしいって気持ちがこみ上げたのは、少ししてからだった。

わたしは家に帰るなり、大声でわんわん泣いた。

おどろいたのは、そのときだ。

「あたし、取り返してくるっ！」

あてねちゃんが、怒《いか》りにふるえていた。そしてすぐに、なんの迷《まよ》いもなく家を飛び出した。紗奈《さな》ちゃんの家が有名な歯医者さんだっていうことは、小学三年生だったあてねちゃんも、知っていたのだと思う。

そしてどのくらい待ったのだったろう。あてねちゃんは、なにごともなかったかのように、魔女《まじょ》ラグのキーホルダーを持って帰ってきたのだ。

「富美《とみ》ったら、いったいなんて言って返してもらったの？」

ハラハラして待っていたお母《かあ》さんの質問《しつもん》に、あてねちゃんは顔色ひとつ変えずに、こう答えた。

「これはわたしの妹のもんだ、返せって言って、うばってきた」

ヒーローだと思った。

ずっとしまっていたから、キーホルダーは色あせもせず、あのころのままだった。ゆらゆらゆれる魔女《まじょ》ラグを見つめるあてねちゃんの表情《ひょうじょう》は、確実《かくじつ》にあの日のことを思い出していた。

「忘《わす》れちゃったの？　あのときのあてねちゃんはね、魔女《まじょ》ラグよりもずっとずっと、かっこよかったんだよっ！」

次のしゅんかん、あてねちゃんは手で顔をおおい、声を上げて泣いた。

「勝手なことをして、すみませんでした」

居間《いま》で苦手な正座《せいざ》をしたあてねちゃんは、目の前に座《すわ》ったお母《かあ》さんに頭を下げた。

「まいったわね。言うべきことは、みんな岬《みさき》が言っちゃったわ」

お母《かあ》さんはわたしを見て、苦笑いしながら言った。

「本当にごめんなさい。心から反省しています」

あてねちゃんは、もう一度頭を下げた。

「ほんとね。みんなに、どれだけ迷惑《めいわく》かけたか、よく考えなさい。十六歳《さい》のあなたが、たった一人《ひとり》で東京に行って何日も過《す》ごし、こうして無事に帰ってこられたのは、いろんな心配りをして、若子《わかこ》さんが守ってくれていたからなのよ。わかってる？」

「うん、わかってる」

「そして情《なさ》けないことに、わたしは、ただ心配することしかできなかった」

お母《かあ》さんの目が、真《ま》っ赤《か》だった。お姉《ねえ》ちゃんも言った。

「ちゃんとメール、読んでたのよね？」

あてねちゃんはうなずいた。

「だったらわかっているわね、お父《とう》さんのこと」

あてねちゃんは大きくうなずいて、なみだをふいた。

「お父《とう》さんにも、ちゃんとあやまりなさい。今すぐお母《かあ》さんと病院に行ってきたら？ね、お母《かあ》さん」

「待って、その前に……」お母《かあ》さんは立ち上がると、店の亀山《かめやま》さんに向かって声をかけた。

「亀山《かめやま》さん、ごめんなさい。ちょっとだけ、四人で出かけてきていいかしら？　三十分で帰ってくるから」

そして、すでに用意してあったお線香《せんこう》やお花を出してくると「さ、お墓参《はかまい》りに行くわよ。今年《ことし》は二日《ふつか》おそくなっちゃったわ」って、わたしたちをうながした。

お寺は、商店街から歩いて五分のところにある。毎年、お墓参《はかまい》りに行くのは必ず十三日の夕方で、そのときはいつも混《こ》んでいたけど、今日《きょう》はもう、人はまばらだった。低いゴーンという音が聞こえてくるお寺のわきをぬけ、墓地《ぼち》に向かった。あたりはお線香《せんこう》のにおいに満ちていた。わたしは、このにおいが好きだった。そして、お墓《はか》に花をそなえたり、水をかけたり、ろうそくに火をともしたりするのも、特別な儀式《ぎしき》のようで好きだった。

棚山家《たなやま》のお墓《はか》は、かなり古かった。石の表面がザラザラしているから、彫《ほ》ってある字も、あまりちゃんと読み取れない。

「あれ？」

お水をかけていたら、お墓《はか》の右の側面の、ぬれた部分の色が濃《こ》くなって、あることに気がついた。

「これ、『富』っていう字じゃない？」

わたしが言うと、みんなが「どれどれ？」って首をのばしてきた。

「あ、うん、そう読める」

「ほんと、お母《かあ》さんも初めて見たわ。岬《みさき》ったら、よくこんな小さな字に気づいたわねえ。それ、きっと、伝説のトミさんだわ。お父《とう》さんのひいおばあさんよ」

すぐに反応《はんのう》したのが、あてねちゃんだった。

「伝説のトミさん？」

「とにかく豪快《ごうかい》な女性《じょせい》だったらしいの。働きもので、賢《かしこ》くて、気前がよくて、お酒も強い。なによりすごいのは、百歳《さい》まで生きたってことよね」

「百歳《さい》！」

思わずみんな、同時にさけんだ。

「もしかして、あたしの名前……」

あてねちゃんが言うと、お母《かあ》さんは大きくうなずきながら「そう。お父《とう》さんが、伝説のトミさんからもらってつけたのよ」って答えた。

「百歳《さい》まで長生きできますようにってこと？」

「ちがう、ちがう」

お母《かあ》さんは首をふった。

「ちゃんとこの世に生をうけますように、って願いをこめたのよ。あのね、お母《かあ》さん、あなたがおなかにできたばかりのとき、流産しそうになっちゃったのよ。そしたら、お父《とう》さん、すごく心配しちゃって。安産のお守りをもらいに行ったり、神社に手を合わせたり、もう一生懸命《いっしょうけんめい》だった。それだけじゃ心細いからってね、おなかの子は女の子だって決めつけて、名前は『富美《とみ》』にするって言い出したの。伝説のトミさんの字をもらったら、絶対《ぜったい》たくましく生まれてくるはずだってね」

お姉《ねえ》ちゃんは、ポンとあてねちゃんの肩《かた》をたたいた。

「それでか、こんなにたくましく育っちゃったのは」

「やめてよ。伝説って、マジでウケるんですけど」

あてねちゃんは、照れたみたいにクスッと笑った。

「生まれる前から名前がついてたのはね、あなただけだったのよ」

お母《かあ》さんはそう言って、お墓《はか》に手を合わせた。

そうか。あてねちゃんは、伝説のトミさんの名前を受けついだ、ヒーローだったんだ。


そのあとすぐ、あてねちゃんは、病院へ行った。わたしもついていった。

「本当にごめんなさい」

病室で頭を下げたあてねちゃんに、お父《とう》さんは言った。

「東京で、なにをしたかったんだ？　なにかをやりたくて、行ったんじゃないのか？」

あてねちゃんは、ちょっとおどろいた表情《ひょうじょう》をしてから、コクンとうなずいた。

「英語で、いろんな国の人と、話してみたかった」

そして少しえんりょがちに、あてねちゃんは、家を出てからのことを順番に話しはじめた。ねぶた最終日の夜、高速バスに乗って東京へ行ったこと。次の日の朝、到《とう》着した東京の街は、中学校の修学旅行で行ったときより、ずっとにぎやかな感じがしたこと。すぐに、オリンピックのバレーボール会場になってる有明アリーナへ行ってみたこと。

「チケットがないから、もちろん会場には入れないってわかっていたけどね。でも、自分が一番くわしいスポーツはバレーボールだから、最初に行こうって決めてたんだ。いっぱいいいたよ、外国の人。バレーのことなんか話せたらなって思ったけど、オリンピックのふんいきに圧倒《あっとう》されちゃって、その日はただ、会場のまわりをウロウロしただけで終わっちゃった」

あてねちゃんはそう言って、苦笑いした。

「でもね、二日目《ふつか》は、同じホテルに泊《と》まってたイギリス人の若《わか》いカップルといっしょに、オリンピックスタジアムに行ってみた。閉会式《へいかいしき》は夜からだったけど、リュックを背負《せお》った外国人がたくさん歩いてて、そこであたし、何人かとピンバッジの交換《こうかん》をした」

そのためにあてねちゃんは、あちこちからピンバッジをかき集め、持っていったらしい。お母《かあ》さんが聞いた。

「東京は暑かったんでしょ？　熱中症《ねっちゅうしょう》にはならなかった？」

「うん、めっちゃ暑かった。地獄《じごく》みたいだった。でも、塩アメなめて、ガブガブ水飲んで乗り切った」

オリンピックが終わったあとでも、東京は外国人でいっぱいだったという。そばによって、英語で話しているのがわかったら、勇気を出して、自分から話しかけたりしたそうだ。その行動を、あてねちゃんは『修業《しゅぎょう》』と表現《ひょうげん》した。

「なるほど、修業《しゅぎょう》か」

頼《たの》もしいものでも見るような目で、お父《とう》さんはうなずいた。

お母《かあ》さんも、身を乗り出した。

「見ず知らずの外国人に、いったいどんな言葉で話しかけたの？」

「まず、どこから来たんですか？　って質問《しつもん》から入るよね。あと旅の目的を聞いて。そこで今度は、自分の年齢《ねんれい》、名前、とかの自己紹介《じこしょうかい》して……」

話す目が、どんどん輝《かがや》きだす。

「でね、あたし、相手の人がフレンドリーにしゃべってくれてるなってわかると、その次に、どうしてもこう聞いちゃうの。

Please tell me about your family.

趣味《しゅみ》のこととか聞くとね、専門《せんもん》用語が出てきたりして、あたしの英語力だとおいつかないし。

What kind of person is your father?

とっさに思いつくのは、こんなのばっか。でもこの質問《しつもん》だと、言ってることの八〇パーセントは理解《りかい》できた」

お父《とう》さんが優《やさ》しい表情《ひょうじょう》で、フッと笑った。

「あのね、仲よくなった人たちと、ごはんを食べに行ったことがあったんだけど……。みんな、大きなお皿に出てきた料理を、なにも考えずに、好きなだけ自分の皿に取って食べちゃうんだよね……」

聞いているお父《とう》さんが「うん」ってうなずいた。

「なんかそれを見たとき、めー、早くうちに帰りたいなって思っちゃった」

早口でそうつけ加えたとたん、照れくさそうな顔に変わったあてねちゃんは、

「あ、岬《みさき》ちゃん、英語のとこ、わかんなかったね」って説明しようとした。

「いい、だいじょうぶ。わかった」

「ほんと？」

うん、強がりなんかじゃない。『ファミリー』と『ファザー』っていう単語は、ちゃんとはっきり聞きとれた。あとは、話を聞いていたお父《とう》さんの表情《ひょうじょう》を見ていたら、じゅうぶんだった。


少しおだやかな時間がもどったけれど、お父《とう》さんの手術《しゅじゅつ》が終わるまでは、みんな、どこか落ち着かない気分だった。

手術《しゅじゅつ》は明日《あした》にせまっていた。お母《かあ》さんは病院のお父《とう》さんのところに行っていて、亀《かめ》山《やま》さんは少し早めに帰ってしまっていた。店にいるのは、わたしたち二人だけだった。

「雲ゆきがあやしくなってきたわね」

お姉《ねえ》ちゃんは、店の前にならべた野菜や果物《くだもの》がぬれないように、雨よけテントを下ろしはじめた。遠くのほうで、小さな雷《かみなり》の音が聞こえている。

ポツッポツッと降《ふ》りはじめた雨が、五時を過《す》ぎたころから、急にどしゃ降《ぶ》りに変わった。激《はげ》しい雨音にせきたてられるように、わたしたちはあわてて、外の野菜や果物《くだもの》を、店の中に移動《いどう》させた。

「ひゃっ！」

バリバリッという音とともに、いっしゅんで店の中のあかりが消えた。

「停電《ていでん》？」

レジに立っていたお姉《ねえ》ちゃんが言うと、店先に走ったあてねちゃんが、「そうみたい。向かいの整骨院《せいこついん》のあかりも消えてる」って答えた。

わたしはすぐに、うす暗くなった店のあちこちを手探《てさぐ》りで歩きまわり、三個《こ》の懐《かい》中《ちゅう》電灯をかき集めた。

「ありがとう、岬《みさき》ちゃん」

「すごいな。こんなのめったに使わないのに、どこに置いてあるか、よくわかったね」

お姉《ねえ》ちゃんとあてねちゃんに、一個《こ》ずつわたした。

「早く復旧《ふっきゅう》するといいんだけど……」

懐中《かいちゅう》電灯で、店の冷蔵庫《れいぞうこ》や冷凍庫《れいとうこ》を照らしながら、お姉《ねえ》ちゃんがつぶやいた。

「だいじょうぶだよ。すぐにつくよ」

そう言うあてねちゃんの声も、めずらしくどこか不安げだった。

五分くらいして、外を見ていたあてねちゃんが、明るい声でさけんだ。

「ほらっ、ついたっ！」

見ると、向かいの整骨院《せいこついん》も商店街のほかの店も、もとどおり明るくなっていた。

「でも、なんでうちだけつかないの？」

お姉《ねえ》ちゃんが天井《てんじょう》を見上げて、すぐに「あ」って大きくさけんだ。

「ブレーカーが、落ちちゃってるんだ」

「そっか、それだ！」

お姉《ねえ》ちゃんとあてねちゃんは、急いで店の奥《おく》に走っていった。

ちがう。頭の中で、なにかが「待て」と言っていた。

ダメ。なにか、忘《わす》れてる。

浮《う》かんできたのは、あかりが消えた店の中を、あちこち走り回るお父《とう》さんの姿《すがた》だった。

「まだダメっ！」

ハッとして、あわててわたしも走った。

「ダメっ！　ブレーカーを上げちゃダメっ！　その前にやることがある！」

踏《ふ》み台に乗ったお姉《ねえ》ちゃんが、懐中《かいちゅう》電灯で照らしたブレーカーのスイッチに、ちょうど手をかけたところだった。

前に停電《ていでん》があったのは、大雪が続いたおととしの冬の夜だった。そのとき、お父《とう》さんがまず一番にやったのは、電源《でんげん》がオンのまま止まってしまった店じゅうの冷蔵庫《れいぞうこ》と冷凍庫《れいとうこ》を、一台ずつ全部、オフにしていくことだったのだ。お肉、お魚、豆腐《とうふ》や漬《つ》け物に乳製品《にゅうせいひん》。そして冷凍《れいとう》食品とアイス。店の半分は、冷蔵庫《れいぞうこ》や冷凍庫《れいとうこ》で保存《ほぞん》が必要な食品ばかりだった。

「うちの冷蔵庫《れいぞうこ》たちはもう古くて、だましだまし使ってるからな。電源《でんげん》がオンのまま、停電《ていでん》が解消《かいしょう》されて急に電気が流れたら、故障《こしょう》してしまう恐《おそ》れがあるんだ。そんなことになったらうちは、商売あがったりだ」

そう教えてくれた表情《ひょうじょう》が、きびしかった。ついさっきまで、夕ごはんを食べながらお酒を飲んでいた顔とは、別人のようだった。

わたしはそのことを、思い出したのだ。

「だからね、冷蔵庫《れいぞうこ》たちのスイッチを、一度全部、オフにしなきゃ。そしてブレーカーを上げたあと、一台ずつ順番に、オンにしていくの」

お姉《ねえ》ちゃんとあてねちゃんは、ほっとした表情《ひょうじょう》で大きくうなずいた。

「よかったぁ。危《あや》うく冷蔵庫《れいぞうこ》を台なしにするところだったわ」

「あたしもそんなこと、まったく知らなかった。よし、じゃあみんなでまず、冷蔵庫《れいぞうこ》のスイッチを、全部切ろう」

わたしたちは、手分けして冷蔵庫《れいぞうこ》に走り、全部のスイッチを確実《かくじつ》にオフにした。そしてそのあと、ブレーカーのスイッチを上げると、まず店内は明るさを取りもどし、その明るさの中、わたしたちはまた一台ずつ、確《たし》かめるように電源《でんげん》を入れていった。すべての冷蔵庫《れいぞうこ》たちは、ウィーンという低いうなり声を出して、なにごともなかったように無事に動き出した。

「ただいま。すごい雨だったわね。だいじょうぶだった？」

それからすぐに帰ってきたお母《かあ》さんに、お姉《ねえ》ちゃんが停電《ていでん》の一部始終を伝え、「大《だい》活躍《かつやく》だったのよ、岬《みさき》ちゃん」ってわたしを見た。

「大活躍《だいかつやく》なんてもんじゃないよ」

ちょっとおおげさな身ぶりで口をはさんだのは、あてねちゃんだった。

「あの活躍《かつやく》はもはや、りっぱな店長だね。テキパキしてて、チョーかっこよかった。脱帽《だつぼう》だよ」

その言葉を聞いたお母《かあ》さんは、感心したようにうなずき、「あら？」っていう顔でわたしに近づいた。

「岬《みさき》ったら、ほら。この夏で、ずいぶん背《せ》が高くなってるわよ、あなた」

お母《かあ》さんはわたしの頭と自分の背丈《せたけ》を比《くら》べるようにしたあと、「店を守ってくれて、ありがとう」ってギュッと強く、わたしをだきしめた。

お父《とう》さんの手術《しゅじゅつ》は無事に終わった。六時間くらいかかり、長くて不安になったけれど、先生は「悪いところはきれいに取りました」ってお母《かあ》さんに言った。「順調なら、二週間くらいで退院《たいいん》できますよ」とも。

その日、みんなの表情《ひょうじょう》や声に、やっとこれまでどおりの元気がもどった。

いろんなことがあり過《す》ぎた夏休みだった。テレビでは、パラリンピックの開会式が近づいていることを、くり返し伝えていた。

「大会はまだ終わっていませんよ。まだまだ応援《おうえん》しましょう！」

そんな声が、聞こえてくると、ちょっと心が重くなった。まだ終わっていないことは、わたしにもあったからだ。

「あれ、岬《みさき》。髪《かみ》切ったんだね？」

始業式の日、りっちゃんがわたしを見て言った。夏休み初日にカットした髪《かみ》は、一カ月くらいたったとはいえ、前よりまだずいぶん短い。せめて男の子っぽさは出ないようにしなくちゃと、わたしの手は、前髪《まえがみ》に分け目を作るのに必死になっていた。久《ひさ》しぶりの学校だったから、油断《ゆだん》した。

（あ！）

りっちゃんと廊下《ろうか》を歩いていたら、前から紗奈《さな》ちゃんが歩いてきた。わたしはとっさに壁《かべ》側により、顔をふせてその場をやりすごした。すれちがってすぐ、りっちゃんが耳もとでささやいた。

「すごいね、真《ま》っ赤《か》なT《ティー》シャツ。イタリアで買ってきたのかな？」

目が覚めるような赤だった。

「でも……似合《にあ》ってたね」

そう答えたしゅんかん、わたしは決心した。

もう、逃《に》げるのはやめよう。ねむれない夜の、あのしめった気持ちにピリオドをうとう。

その日の夜、わたしはあてねちゃんの部屋《へや》をノックした。

「えっとね……ワックスのことなんだけど……」

あてねちゃんは、こういうときのさっしが早い。

「ああ。なんでかわかんないけど、いつの間にかあたしの部屋《へや》にもどってた。ほら、返すね」

なにごともなかったように、あのブルーの缶《かん》をわたしの手にのせた。

「あ、ありがとう」

ドアを閉《し》めようとしたら、あてねちゃんが言った。

「あのね。一生に一度しか、言わないよ」

スーッと軽く息をすいこんで、次に出てきた言葉は「うらやましかった」だった。

「岬《みさき》って名前もかわいいし、末っ子ってひびきもかわいい。だからあたしは、とにかく岬《みさき》ちゃんが、うらやましかった」

なにも言えなくなった。

「キーホルダーを取り返しに行くことなんか、たいしたことじゃないんだよ。そんなことより、ママゴトみたいなあたしの言いつけを、ずっといつまでも守ってる岬《みさき》ちゃんのほうが、ある意味すごいよ」

ママゴトみたいな言いつけ？

「ずいぶん助けられた。今でもまだ、気に入ってるんだ。岬《みさき》ちゃんから、あてねちゃんって呼《よ》ばれること」

あてねちゃんはそう言って、パタンとドアを閉《し》めた。


次の日の朝。

缶《かん》の中の『魔女《まじょ》ラグのもと』を、指先ですくう。反対の手のひらにのせて、両手をこすり合わせ、その両手を一気に髪《かみ》の毛の中にもみこんだ。

ワシャワシャワシャ
今までだれにも打ちあけたことなんてなかったけど、わたしはずっと長い間、いつも不安に思っていたんだ。それは魔女《まじょ》ラグキーホルダー事件《じけん》の真相だ。

「魔女《まじょ》ラグだ。それ、ちょうだい」

そう紗奈《さな》ちゃんに言われたとき、もしかしたらわたしは、小さく「うん」ってうなずいてしまったんじゃないだろうか？　お人形みたいにかわいらしくて、家が有名な歯医者さん。そんな存在《そんざい》に気《け》おされて、コクンと縦《たて》に、首を動かしたんじゃないだろうか？　自分の弱さは、ちゃんと自分でわかっている。あの日のことを思い出すたび、わたしならありえるかもと、思わずにいられなかった。ねむれない夜に、くり返し思い出すのは、いつもそのことだった。

もしそうだとしたら、そのあとあてねちゃんがやってくれたことは、まったく逆《ぎゃく》の意味を持つ。ヒーローなんかじゃない、完全な悪役だ。紗奈《さな》ちゃんにしてみたら、自分がもらったはずのものを、とつぜんうばわれたことになるのだから。だったらわたし、紗奈《さな》ちゃんにあやまらなきゃ。わたしのせいで、あてねちゃんだけを悪役にするわけにはいかない。

がんばれ、わたし。負けるな、わたし。

ワックスをつけながら、くり返し自分をはげまし、家を出た。歩きはじめてすぐ、おなかが痛《いた》いなって感じたけど、緊張《きんちょう》のせいだと思ってがまんした。

学校に着くと、校門を入ったあたりで足を止め、その場に立って待っていた。

来た。

今朝《けさ》の紗奈《さな》ちゃんは、ベージュのブラウスに茶色のスカート姿《すがた》。昨日《きのう》とはうって変わって、大人《おとな》っぽくて落ち着いた感じだった。おじけづいた両足にムチを入れ、わたしは紗奈《さな》ちゃんに近づいていった。

「お、おはよう」

出した声が、ふるえていた。


その日の夕方、なにも持たずに、要《かなめ》の庭に行った。

テラスでバイク雑誌《ざっし》を読んでいた要《かなめ》が、ひょいと顔を上げて言った。

「めずらしいじゃん。アイスなしで、フラッとここに来るなんて」

「まあね」

今日《きょう》ならいい。今日《きょう》なら、手ぶらでここに来ても、許《ゆる》される気がした。

不思議な一日だった。すぐそばにあるのに、ずっと見ないふりをしていた重い扉《とびら》を、立て続けにふたつも開けてしまった、そんな日だった。

ひとつ目の扉《とびら》は、もちろん、魔女《まじょ》ラグキーホルダー事件《じけん》のこと。『魔女《まじょ》ラグのもと』の力をかりて、あの日の真相を確《たし》かめるため、わたしは重い扉《とびら》に手をかけた。


校門のあたりで、わたしは紗奈《さな》ちゃんに、こう話しかけた。

「あ、あのね。りんごの丘幼稚園《おかようちえん》に通っていたときのことなんだけど……」

言いかけたとき、急にグラウンドから、だれかがけったサッカーボールが飛んできた。

「危《あぶ》ないっ！」

とっさにわたしは、紗奈《さな》ちゃんをかばうように飛び出し、でもバランスをくずしたわたしは、紗奈《さな》ちゃんといっしょに、その場にゴロンところがった。

「わっ、ごめんなさいっ。手、だいじょうぶ？　手、ケガしてない？」

何度も「手は？　手は？」ってオロオロするわたしを見て、目の前の紗奈《さな》ちゃんは、思わずプッとふき出した。

「棚山《たなやま》さんって、おもしろいわね」

そのとき、やっとまともに紗奈《さな》ちゃんの顔を見た。名前を呼《よ》ばれたことがおどろきだった。

スカートの汚《よご》れも気にせず、立ち上がった紗奈《さな》ちゃんはわたしに言った。

「りんごの丘幼稚園《おかようちえん》のことって、なにかしら？」

「えっと、あの……覚えているかどうかわかんないんだけど……」

しどろもどろにあの日のことを話しはじめた。手のひらが、じっとり汗《あせ》でぬれていく。そして『魔女《まじょ》ラグのキーホルダー』って口に出したとたん、紗奈《さな》ちゃんは、ポカンと口を開けてわたしを見た。

「え。あのときの子って、棚山《たなやま》さんだったの？」

すかさずわたしは続けた。「もしかしてわたし、あのとき」でも、その言葉をさえぎるように、大きな声が返ってきた。

「わたしね、ばかだったの！」

声の大きさに、まわりを歩いている何人かがふり返った。

「ちょうだいって言ったら、なんでもすぐもらえるもんだって思ってたの。ね、ばかみたいでしょ？」

自分のことなのに、どこかひとごとみたいな言い方がおかしかった。

「わたし、魔女《まじょ》ラグが大好きだったの。だから見たしゅんかん、欲《ほ》しくてたまらなくなっちゃったのね。あのあと、母が教えてくれたわ。あのキーホルダーは、チョコについているマークを、三枚《まい》集めて応募《おうぼ》すると当たるのよって。あれはそうやって手に入れるものなのよって。だからわたし、おこづかいをぜーんぶつぎこんで、しばらくはそのチョコを買いまくったの。ハガキも自分で買ってきて、あて先の住所も、母が書いてくれた見本を見ながら自分で書いて、マークをはりつけて、何枚《なんまい》もポストに入れた。当選するまでやめなかった。だから、ほらっ」

紗奈《さな》ちゃんはとつぜん、わたしに向かって、大きくパカッと口を開けた。

「生《は》えかわったばかりの前歯の永久歯《えいきゅうし》、虫歯になっちゃったの」

人から口の中を見せられたのは、初めてだった。

「父にしかられちゃったわ。歯みがきが足りないって。でもね、キーホルダーが送られてきたときのうれしさは、一生忘《わす》れない。努力はむくわれるって、ああいうことを言うのよね。だから今でも、あのキーホルダーは宝物《たからもの》なの。ピアノのおけいこ用のバッグに、ずっとつけてある」

真剣《しんけん》になればなるほど、紗奈《さな》ちゃんはその外見とかけ離《はな》れた別の面が現《あらわ》れてきて、とても不思議な感じがした。

「あ、あの……。ふつうみんなは、魔女《まじょ》メルのファンだったよね。でも紗奈《さな》ちゃんも、魔女《まじょ》ラグのほうが好きだったの？」

「もちろん。あれは何話目だったかしら。光の国に大きな嵐《あらし》が起こって、それを魔女《まじょ》ラグが助けてくれたことがあったじゃない。そのせいで魔女《まじょ》ラグはキズをおってしまうんだけど、魔女《まじょ》メルがお礼の気持ちをこめて差し出したあったかいスープを、『自分の食いぶちぐらい、自分でかせぐ』って断《ことわ》って、魔女《まじょ》ラグは痛《いた》みをこらえ闇《やみ》の国に帰っていったのよ。わたし、そのしゅんかん、魔女《まじょ》ラグのファンになったの」

目が真剣《しんけん》だった。勝手に、『わがままなおじょうさま』タイプだって思いこんでいた自分が、はずかしい。要《かなめ》が「祐川《すけがわ》のこと見直した」って言う意味が、やっとわかったような気がした。

「あ。ということは……。あの日、とつぜんうちの病院の受け付けに現《あらわ》れて、『キーホルダーを返せ！』ってどなったこわい女の子って、棚山《たなやま》さんのお姉《ねえ》さんだったのね」

「う、うん」

あてねちゃん、歯科医院に行ってどなったのか、まいったなぁ。

昇降口《しょうこうぐち》で別《わか》れようとしたら、紗奈《さな》ちゃんが「あら？」ってふりむいた。

「ねえ。今、気がついた。棚山《たなやま》さんの髪型《かみがた》、ラグノアに似《に》てる」

その目が「うらやましいわ」って言っているように思えて、わたしはちょっぴり胸《むね》をはって「ありがとう」って答えた。

「花だんの花、ノースポールに変わったね」

要《かなめ》のお母《かあ》さんの花の植え方は、シンプルで豪快《ごうかい》だ。季節に合わせた花を一種類だけ大量に買いこみ、花だん全面をうめつくす。黄色とオレンジ色だった地面は、雪のような白一色に変わっていた。

「ふーん。ノースポールっていうんだ、その白いの」

バイク雑誌《ざっし》のページをめくりながら、要《かなめ》はのんびりした声で言った。

ふたつ目の扉《とびら》は、手をかけたつもりもないのに、自然にフワッと開いていた。

朝から続いていた腹痛《ふくつう》が、緊張《きんちょう》のせいじゃなかったってわかったのは、今日《きょう》の昼休み。トイレでおどろき、保健室《ほけんしつ》にかけこんで、保健室《ほけんしつ》の鈴木《すずき》先生から「おめでとう」って言われた。毎月苦しむあてねちゃんを見てきて、生理がくることを恐《おそ》れていたわたしだったけど、教室にもどる足どりは、雲の上を歩いているみたいにフワフワしていた。きたのが今日《きょう》でよかった。ひとつ目の扉《とびら》を開けたら、勇気がわいた。こんなもの、なんてことないって、ぎこちない歩き方をしている自分に、クスッと笑える余裕《よゆう》さえあった。

要《かなめ》が聞いてきた。

「そういえば、おじさんの退院《たいいん》、決まった？」

「うん。来週の水曜日」

「そっか、よかったなぁ」

ふたつ目の扉《とびら》のことはさっき、お母《かあ》さんとお姉《ねえ》ちゃんとあてねちゃんに伝えた。でも、お父《とう》さんにはまだ、知られたくない気がしてる。

「わ、このドゥカティ、かっこいー。やっぱイタリアのバイクってすげーな」

それはもちろん、すぐとなりにいる、この要《かなめ》にだって。

自分の皮が一枚《まい》、ぺろんとめくれて、ちがう色がついた気分だ。それはいったい、どんな色だろう。

視界《しかい》のはじっこで、白いものがせわしなくゆらゆら動く。目を向けたら、たくさんのノースポールたちが、わたしに向かって手をふっていた。

＊オリンピックに関する内容は、執筆時のもので、実際とは異なります。

著者略歴
蓼内明子（たてない・あきこ）
青森県生まれ。児童文学同人誌「ももたろう」同人。第１回フレーベル館ものがたり新人賞大賞を受賞し、2018年『右手にミミズク』（フレーベル館）でデビュー。ほかの作品に『きつねの時間』（フレーベル館、日本児童文芸家協会主催第18回創作コンクールつばさ賞〈読み物部門〉にて優秀賞受賞）がある。

ブックデザイン●城所潤（ジュン・キドコロ・デザイン）
装画●たえ

魔女《まじょ》ラグになれた夏

2020年3月3日　第1版第1刷発行

著者　蓼内明子
発行者　後藤淳一
発行所　株式会社 PHP研究所
東京本部　〒135-8137 江東区豊洲5-6-52
児童書出版部　☎03-3520-9635（編集）
普及部　☎03-3520-9630（販売）
京都本部　〒601-8411 京都市南区西九条北ノ内町11
PHP INTERFACE　https://www.php.co.jp/
組版　株式会社PHPエディターズ・グループ
印刷所
製本所　図書印刷株式会社

ISBN978-4-569-78917-0

NDC913　174P　20cm